兄帰る

永井　愛

而立書房

兄帰る

■登場人物

中村幸介（なかむら・こうすけ）……中村家の長男
中村真弓（なかむら・まゆみ）……保の妻
中村保（なかむら・たもつ）……幸介の弟
小沢百合子（おざわ・ゆりこ）……幸介の姉
小沢正春（おざわ・まさはる）……百合子の夫
中村昭三（なかむら・しょうぞう）……幸介の父の弟
前田登紀子（まえだ・ときこ）……幸介の母の妹
金井塚みさ子（かないづか・みさこ）……真弓の友人

1

明らかにナチュラリストの、明らかにインテリアにこだわった居間。

ソファセットの奥にカウンター、その奥は台所。

下手には玄関に出るドア、階段、トイレと浴室。

上手、ガラス戸の向こうは小さな坪庭。花壇やプランターの植物に、ガーデニングへの意欲が見える。

夜——保がソファにうずくまっている。玄関側のドアから、百合子がゆっくりと覗く。

百合子　(見渡し)……どこ?
保　上。とりあえずメシ食ってる。
百合子　エサまで与えたの、あんた。
保　三日も食ってないって言うからさ。
百合子　嘘に決まってるでしょう。いっつもこれで始まるんじゃないの。(と、二階へ上がろうとする)
保　ちょっと待って。電話じゃ言えなかったんだけど……

保、床から革靴とスニーカーの片方ずつを持ち上げる。どちらも黒ずみ、あちこち傷んでいる。

保　これ履いてたんだ。こういう組み合わせで。

百合子　（近寄らぬままに凝視する）……

保　わかるかな、公園で暮らす人っているじゃない、兄貴、どうもそれらしいんだ……

百合子　（いったんソファに座るが、すぐ立ち上がり）牛乳ある？

保　うん……

百合子　（台所へ消える）

保　（目で追いながら）鳥取で浄水器の販売やってたんだって。ホントかどうかわかんないけど。かなり真面目に働いてたって、本人の弁なんだけどね。そこが倒産しちゃって、日雇いみたいなのもやってみたけど、それも不況で、どうにもならなくなって……

百合子　（コップの牛乳を飲みながら出てくる）

保　それで、ふらぁって東京に来たんだ。もういろんなことも時効だろって、そういう気分もあったらしいけど……まあ、郷愁だろうな。しばらくは上野公園にいたんだってよ。青いテント張ってさ。そのうち、無性にやり直したくなったって、これもありがちな流れなんだけど、それで、住民票調べて、俺がここにいるって突き止めて……

百合子　何でドアを開けたのよ。それをまず謝ってもらおうか。

保　お巡り同伴で来たんだよ。そんな場合って想定してないじゃない。ホームレスがうろついてますって誰かが通報したらしいんだ。この人、ホントにお兄さんですかって、お巡りがドングリみたいな目ぇしてさ……

百合子　お巡りなんかに怖気づいて、もう縁切ってますって、追い返しゃいいのよ。
保　できるかよ、それ、現実的に。真弓もいたんだ……
百合子　ちゃんと言っとけばいいものを、女房にまで体裁つくろってるから……
保　言ってますよ、ある程度は。行方不明だとは知ってんだし……
百合子　弥生町の件は知らないんでしょ？
保　もう済んだことでしょう。何も真弓に弥生町の件まで……

真弓がドアから入ってくる。

真弓　お義姉さん、斜めに止めたって、あんな斜めないわよ。もうホントに乗り捨てたって感じなんだから……（と百合子に車の鍵を返す）
百合子　ごめんなさい……
真弓　あれ、まだ会ってないの？
百合子　真弓ちゃん、追い出していいのよ。保の兄貴だからって同情なんかしたら、どんどんつけあがっちゃうんだからね。
保　真弓は初対面なんだ。真弓の問題にしないでよ。
百合子　何でドアを開けたのよ。アンタまだ謝ってないじゃない。あれほどの取り決めをこうも簡単に破っといて……

真弓　私が開けたの。だって私、そんな取り決め聞いてないもん。
保　悪かったよ悪かったよ。
真弓　お義姉さんも、言ってほしかったな。それほどのことであるんなら。
百合子　だって、保が言ってないのに、言っちゃ悪いと思ったから……
保　（真弓に）言ったよな、ちょっと金でトラブったって……
百合子　ちょっとやそっとじゃないでしょう！　（真弓に）アイツはね、人の物は自分の物って、それ一筋でやってきたんだから。受け入れたが最後、あらゆる物が消え果てちゃって、やだっ、権利書とか実印とか、上にあったりしないでしょうね！

保、反射的に立ち上がる。

保　（すぐ座り）やめてよ。そんなこと一度もなかったじゃないか。

真弓、階段を駆け上がる。

百合子　（真弓に）ないない、そこまでのことはなかった。
真弓　窓、開けっぱなしなんで、窓、閉めてくる……（と、また駆け上がる）
保　なぁ、言葉に気ぃつけてくれよ。

百合子　しょうがないじゃない、こうなっちゃった以上……
保　会ってらっしゃいよ、何グズグスしてんの。
　百合子、階段に向かって歩き出すが、すぐに戻り、バッグを開けて口紅を塗り直す。
保　わかんねぇなぁ……
百合子　出ていけって鮮やかに言いたいからね。
保　言って済むかって、ね、追い出したら済むのかって、そういう問題だと思うんですけど、もはや……
百合子　その理屈で何度間違った？　世間体気にしてる場合じゃないわよ。
保　世間体じゃねえだろ。あのまんま放り出したら、世間の方にご迷惑だって、そっちを心配してんでしょうが。
百合子　何で急に心配する？　アイツは昨日も生きてたのよ。
保　現実的に考えてよ。一文無しだよ。ここら辺うろつかれたらどうすんの？
百合子　どこまでもほっときゃいいでしょう。
保　お巡りも知ってんだ。何で身内が面倒見ないって、そういうことになるだろが。
百合子　ほら世間体だ。そこでいっつも間違うのよ。父さんとおんなじ、母さんとおんなじ！
保　姉貴の家の近所だったら、そんなことが言えるかね。

百合子　じゃ、送ってよこしなさい。どこまでもほっといてやろうじゃないの。

真弓が階段を駆け下り、戸棚の抽斗を調べ始める。

保　何？

真弓　実印、ここじゃないよね？

百合子　ないの？

真弓　上の、寝室のチェストにしまったはずなんだけど……

百合子　チェストって、あれ？　母さんの桐のタンス改造したヤツ？

真弓　うん。保があそこなら忘れないって……

百合子　馬鹿ねえ。母さんもそこに実印入れてたわよ。

保　そうだったっけ？

百合子　ちょっとぉ……

保　形変わってるよ。今はチェストなんだから。

百合子　アイツはどこよ？

真弓　隣。畳の部屋。

百合子　隣？

真弓　まだ食事中で、「おいしいです」ってニッコリして……

百合子　ニッコリ……

保　それ、関係あるっての。

真弓　あの、もういっぺん見てくる。私、あわててたかもしれないから……（と、二階へ）

百合子　いやだなぁ……

保　変な想像やめろって。兄貴、仏壇の前でずっと泣いてたんだ。親父のことはどっかで聞いてたらしいけど、おふくろはまだ元気だと思ってたんだって。

百合子　甘いねぇ、とことん甘いわ。

保　借金はもうないらしいよ。これは仏壇の前で誓った。

百合子　じゃあるんだ。百パーセント逆なんだから。

保　ないよ。あったって関係ないでしょう。

百合子　あるでしょう。身内が払えって、いっつもそうなるでしょう。

保　払うかって。今回そこは外しちゃ駄目だ。

百合子　外すって、外すことになるんだって。

保　なるって何よ、自然現象みたいに。人様が何と言おうと払わなきゃいいでしょう。

百合子　そんなの通用しないって。

保　通用させるんだって。世間体気にしてんの姉貴じゃないか。

百合子　そう、そんなに自信あるんなら、面倒見てやりなさい。私はもう関わらない。

保　えっ、それって、そういうこと？

百合子　そうよ。アンタの希望でしょう？
保　希望じゃないでしょう。不可抗力でしょう。
百合子　追い返せたのよ。追い返すこともできた。
保　だから、あのまんま追い返したら……

真弓が戻ってくる。

百合子　ないの？
真弓　あった……（と実印を見せる）
保　どこに？
真弓　チェストの中……
保　ほらぁ、よく探せよ。
百合子　ああよかった、私ちょっと緊張しちゃった……
真弓　でも、さっきは何でなかったのか、中の物全部出して見たのに……
保　お前さ、窓閉めに行ったたんじゃなかったっけ。
百合子　いやいや、私の言い方が悪かった。物がいろいろ消えるってね、アイツが直接消すってんじゃなくて、アイツに関わってしまった結果、結果として消えるという……
真弓　それ、どういう消え方なの？

保　後でゆっくり説明する。
真弓　でも、ホントに何度も何度も見たんだよ。
保　あわててたんだろ。
真弓　そうだけど、何度も見て、またしまって、また出して……（と、百合子を見るが）

百合子の視線は階段に向いている。
ゆっくりと下りてくる足。幸介の全身が現れる。いかにも路上生活者らしい姿。以下、幸介が近づくと、皆はさり気なく鼻を覆うことになる。

幸介　十六年ぶりですね……変わってないなぁ、姉さん……（と、嬉しそうに見つめる）
百合子　（反射的に口に手を当て）……
幸介　僕はこんなに変わってしまって……再婚したんですってね。おめでとうございます。いい方だそうで、あゆみちゃんともうまくいってるそうで。あゆみちゃん、大学生ですか。まだお箸をかじっていたあゆみちゃんが……
百合子　いやだぁ……
幸介　すいません。今さらお目にかかれた義理ではないんですが……
百合子　（幸介に背を向ける）
幸介　最後のお情けにすがれないかと、恥をしのんで参りました。……どうにも仕事が見つからないんです。この格好では、面接に行くのもナンでして……空缶や、ダンボールは集められますが、それをこの先も生業といたしますのは、やや耐えがたくなりまして、新しい仕事を、新しい生活を、朝出かけて行って、夜帰る、そういう健全な生活を手にするまでのご援助を……

百合子　父さんがポックリ逝ったのアンタのせいよ！　アンタのことがなかったら……

保　姉貴、それ、後にしよう。

百合子　後はないわよ。今帰るんだから。

幸介　今度こそ、やり直します、今度こそ、今度こそ……

百合子　出たわね、今度こそが、出た出た、恐ろしい言葉が……

と、バッグを持ち、牛乳のコップまで持ち、ドアに向かう。

真弓　運転、危ないよ。送ろうか？

百合子　（ニッコリし）冷静です。さようなら。

真弓　お義姉さん、牛乳……（と、取りに行く）

百合子　あら、ごちそうさま。（と、返す）

保　冷たいよなぁ、血を分けた兄弟が、こんな姿になってんのに……

真弓　保、これさ、私たちで話そう。お義姉さんは最初から拒否してんだから……

保　人道的な問題だと言ってんの！　人間としての感じる心を、姉貴がこうも失ってんのが……

百合子　出て行けっ！　私は言ったわよ。二度と来るなっ！　野垂れ死ねっ！　私は言ったわよ、私は言ったわよ……（と、泣き出す）
保　姉貴ぃ……
百合子　いやだぁ、こんなになっちゃって……いやだぁ、慶応出てんのよ、この人……
保　姉貴、上いこ、ちょっと休もう、……（真弓に）ごめん、ホント、ごめん……（と、百合子を促して二階へ）

幸介、うなだれている。

真弓　……どうぞ、こちらへ。（とソファを勧める）
幸介　汚れますから、汚いですから……
真弓　どうぞ。
幸介　でも、気が休まらないでしょう。外に、出ましょうか。お庭で寝てもいいんです。いや、ご迷惑かな、風景として……
真弓　どうぞ、かまいませんから。
幸介　そうですか、それでは……（と、恐縮しながらソファに座る）
真弓　紅茶でもいかがです？
幸介　紅茶、いいなぁ、あ、どうも、すぐ遠慮がなくなって……

真弓、支度をしに奥のカウンターへ。

幸介 ……センスの輝く家ですね。さっきから感心していました。弥生町にあった実家は、フランス人形の横に蚊取線香の箱があって、その横にアイロンが立ててあるような、言わば何でもありの家なんです。あそこで一緒に育った保が、今はこういう、対極の空間にいるというのが、まだどうも信じられませんで……収入の問題じゃないんです。この空間を維持するには、極端な話、人格を変えないと。ここにある物は、みんな選びぬかれてますものね。何でもありの性格では暮らせないでしょう。

真弓 保って、何でもありの性格でしたか？

幸介 いえいえ、そういうんじゃありませんが、あなたのご趣味なのかと、そう思って……

真弓 まあ、二人の趣味ですね。保とはわりあい一致するんで……（と、紅茶を出す）

幸介 これはまた素敵なお茶碗だ……

真弓 保と一緒に選んだんです。

幸介 ほう……（と飲み）……そこらの紅茶とは違いますね。これはいったい何と言う……

真弓 ラプサンスッチャンです。

幸介 ラプ……あなたのお好みで？

真弓 保も好きです。

幸介　あの保が、こんな家に住み、こんな紅茶を飲んでいる……

真弓　おかしいですか？

幸介　いえいえ、広告業界との付き合いも多いそうで、だんだん目利きになったんでしょう。あなたを選んだのが何よりの証拠だ。

真弓　それはありがとうございます。

幸介　あなたも、広告業界ですか？　そこで保と？

真弓　まあ……コピーライターの事務所でした。

幸介　じゃ、コピーライター？

真弓　事務所です。私はそこで事務の方を……

幸介　ああ、事務の方を……

真弓　でも、今は書いています。

幸介　コピーライター？

真弓　フリーライターです。時々雑誌の取材が入って……

幸介　ああ、取材がねぇ……

真弓　こちらのことばかり聞くんですね。

幸介　つい興味が出て。失礼いたしました。

真弓　あなたは、何をなさったんですか？

幸介　鳥取で浄水器の販売をいたしておりまして……

真弓　それは聞きました。その前です。
幸介　その前と言うと、ツアーコンダクターもいたしましたが……
真弓　十六年前です。行方不明の理由です。
幸介　ああ……ちょっと金銭のトラブルで……
真弓　ちょっとだと言う人と、ちょっとやそっとじゃないと言う人がいるんですが……
幸介　（笑い）ちょっとの方が保ですね。
真弓　どっちが正確なんですか？
幸介　ああ、後の方です、残念ながら……
真弓　つまり、ちょっとやそっとではないと。
幸介　まぁ……
真弓　どのくらい、ちょっとやそっとじゃないんです？
幸介　そういうふうに取材なさるんですね。真実を見極めようとする目だ。
真弓　おいやならけっこうです。保から聞きますから。
幸介　二千万の横領です。会社の金を二千万。
真弓　……
幸介　パチンコ、麻雀、競馬、競輪、競艇、サイコロ賭博と、こう積み重なりまして……
真弓　それの、借金？
幸介　ええ。困ると父の所へ逃げ込んで、肩代わりしてもらってたんですが、とうとう出入り禁止となりまして……横領です。

真弓　じゃ、捕まったんですか？

幸介　いえ……

真弓　まだ捕まってないんですか？

幸介　まだと言いますか、告訴されなかったんです。後で、父が弥生町の土地を手放したと知りました。きっと内々に通知が来て、それで取り下げてもらったんでしょう。

真弓　……

幸介　あれは愛情からなのか……それとも中村家の面子かな？

真弓　今は、どうなんです？　ギャンブルの方は？

幸介　やめました。きっぱりと。

真弓　きっぱりと？

幸介　（写真立てを見つけ）これが拓《ひらく》クンですか！

真弓　ええ……

幸介　精悍な目ですねぇ。ああ、この目はあなたの目だ。今のその目と同じです。

真弓　目が保似だとよく言われます。

幸介　三週間したら、会えるんですね。楽しみだなぁ……

真弓　……

幸介　もちろん、私がここにいればの話です、ここにいるとは、そんなお許しが出るとは限りませんから。でも、でも、父は嬉しかったろうなぁ……

真弓　いえ、お義父さんはもうその頃……

幸介　あれ、そうなりますか？

真弓　ええ。私が保と知り合う前に……

幸介　そうかそうか……

真弓　でも、お義母さんが可愛がってくださいました。

幸介　ああ、そうでしょう。うるさくしたんじゃないですか？

真弓　(鋭く見つめ)そうだ、お義母さんの形見の品があるんです。桐のタンス、ご存じでしょう？　あれが、今チェストになっていて、ご覧になります？

幸介　なつかしいなぁ。あれは母の嫁入り道具でして……

真弓　寝室にあるんです。さっきいらした部屋の隣に。

幸介　ああ、そうなんですか。

真弓　お義母さん、実印をあそこに入れてたんですってね。うちもそうなんです。保が、あそこがいいって言い出して、無意識に見習ってしまったらしくって……

幸介　面白いですね。そういう生活の癖のようなものが、知らずに受け継がれているなんて……

真弓　お義姉さんは知ってました。はっきりと、実印があったって。

幸介　ああ、姉は一緒に暮らして長かったから……

給湯器のリモコンから短いメロディーが流れる。

真弓　……お風呂が沸きました。

幸介　これがお風呂の報せですか。

真弓　私の母が好きだったので……

幸介　へえ、あなたのお母さまが……

真弓　どうぞ、こちらです。

と、案内する。

真弓　そこです。着替えは置いてありますから。

幸介　ありがとうございます。（と、入ろうとして）あ……実印、銀行に預けた方がよろしいですよ。貸し金庫を作って預けるんです。それが一番安全です。

真弓　そうですね。盗られなかったからって、安心はできませんものね。

幸介　え？

真弓　誰かが使って戻すとか、そういう危険もあるでしょうし……

幸介　使って、戻す？

真弓　ええ……

幸介　誰かが？
真弓　まあ……不動産の売買だとか、借金の連帯保証人だとか……
幸介　ああ……
真弓　そういう書類に、実印を捺して……
幸介　はぁ……それで、元に戻すと。
真弓　まあ、たとえばですけれど……
幸介　怖いですねぇ……
真弓　何だか、今はいろいろと……
幸介　でも保は大丈夫だな。あなたのようにしっかりした人がついている。
真弓　さあ、どうですか……
幸介　いい関係ですね。保、真弓と呼び合って。私はね、女性との間にあまりいい関係を築けませんでした。
真弓　どうぞお風呂を……
幸介　ピカピカになって出てきますよ。ちょっとイイ男になってね。

幸介、微笑んで浴室に消える。

2

数日後の午後。
二階から保が下りてくる。すぐ続いて昭三。

昭三 そうかそうか、うん、そうかぁ……いや、そういうことじゃないかとは思っていたんだ……
保 僕も姉貴も当たれる所は当たってみたんですけれど……
昭三 まあ、あの年齢で再就職ってのはね。
保 もうこれは、叔父さんのお力に頼るしかないということになって……
昭三 うん、うん、それは、もう……
保 お願いしてもよろしいでしょうか？
昭三 ただ、こういうことは急ぐとねぇ。何だかんだが出てきちゃうし……
保 ええ……
昭三 かと言って、悲観ばかりじゃ始まらないが……（と、キョロキョロ）
保 （トイレを指差し）あ、そこです。その奥を左。
昭三 ま、ひとつ、暗い顔をしないで……（と、行こうとしては戻り）本当にね、凄いんだよ、人減らしが……
保 ええ、それは重々……

昭三　携帯がたびたび鳴るだろう。あれはほとんど、それの相談で……
保　やっぱり……
昭三　しかしねぇ、他ならぬ幸介君のことだから、ここはひとつ……
保　お願いできますか？
昭三　ただ、慎重に行かないと。向き不向きもあるしねぇ……
保　本人は何でもやると言っております。どんな仕事にでも全力を傾けると……
昭三　そうかそうか、うん、そうかぁ……（と、トイレへ）

百合子が階段を下りてくる。

百合子　叔父さん、何だって？
保　そうかそうか、うん、そうかぁって……
百合子　またぁ。断りたきゃ断ればいいのに……
保　やりたそうな気配でもあるんだよ。ホント、読めないなぁあの人……
百合子　ねえ、真弓ちゃん、少し顔に出し過ぎてない？　あの顔でそばにいられると、叔父さんだって迷っちゃうだろうし……
保　何よ、出し過ぎるって？
百合子　批判的な顔してんじゃない。こっちが何か言うたび、違うなぁ、嘘だなぁって顔。

保　そんなつもりないだろ。
百合子　なくったって顔が言ってるもん。顔の言うことが一番強いんだから。
保　言っときますよ。
百合子　って言うより、真弓ちゃん抜きで話せないかな。アンタだってその方がやりやすいでしょ。
保　オープンで行くんでしょう、この際オープンで……
百合子　オープンで行きますけどね、結果オープンってんじゃ駄目なの？　そりゃあ、あの人、認めますよ。真面目だ、真剣だ、ありがたい、ありがた迷惑だ……
保　小姑根性やめろって。
百合子　痛みが違うって言ってんの。ね、幸介に関しては、どだいわれわれと痛みが違う。痛みの共有、恥の共有、そういうのがない。痛みのない真剣、痛みのない正論……
保　それそれ、そのくどさ、まさに小姑の発言ですよ。
百合子　ちょっとぉ、絶対小姑にはなるまいって、どれだけの決意でやってきたか。母さんの看病の時だって、真弓ちゃん、いいのよ、あなたにはお仕事があるんだから……

昭三、ハンカチで手を拭きながら出てくる。

百合子　叔父さん、すみません、本当にもう……
昭三　いやいや百合ちゃん、そうかそうか、うん、そうかぁ……（と、どっかりソファに腰を下ろす）

百合子　でも何か、叔父さんの顔見るとホッとするね。

保　うん……

昭三　あら、そうかい？

百合子　やだぁ、父さんそっくり！　(保に) ね、今似てたよね、突然ギロッて、こういう感じ……

保　似てた似てた。似てきましたねぇ……

昭三　あら、そうかい？　(と再現)

百合子　やだぁ、叔父さん、やだぁ……

三人、少し笑う。

昭三　やだねぇ、カミさんにもよく言われるんだ。あなた、これで喋らなかったら、善一兄さんにそっくりよって。

保　ホント、父さん、喋んなかったなぁ……

百合子　何考えてんだか全然わかんなかった。

昭三　あれね、結婚してからだよ。お母さんがよく喋ったろ。一言言うと倍返ってきちゃうから、あれで用心深くなったんだ。

百合子　母さんはね、戦争から帰ってからだって言ってたけど……

昭三　いやいや、結婚、結婚してからだよ。

間。

保　……でも、叔父さんとは喋ったでしょ？

昭三　うんうん、そりゃもう……

百合子　可愛がってたもんねぇ、叔父さんのこと。酔っ払うとよく言ってたじゃない。昭三だけは大学出すんだって、死に物狂いで頑張ったって……

保　ああ、言ってた言ってた……

昭三　そうかそうか、再就職かぁ。しかし、幸介君、いい顔になったね。何かこの、いい加減な要素が抜けてきたようで……

百合子　考えていただけます？

昭三　今、血圧がなぁ。下が百十三で上が、あれ、上が……

百合子　百八十五だってさっき……

昭三　凄いねぇ……

保　気をつけてくださいよ。

昭三　いやあ、ちょっと足元ふらつくけどね、アチコチ回ると、かえって下がったりもするから……

百合子　回っていただけます？

昭三　ただねぇ、人減らしが凄いんだ。携帯がよく鳴るだろ……

昭三の携帯電話のベルが鳴る。

昭三　あらあら……（と、ポケットから出し）はい、中村です……ああっ、こりゃどうも、いや、こちらからご連絡するつもりでしたが、いやはや……はい…………はい……

と、言いながら、二人に会釈し、ドアから出ていく。

保　な、読めないだろ？
百合子　何よあれ、父さんが無口だったのは母さんのせいだって……
保　言いたいのよ、聞き流しときゃいいの。
百合子　だいたい父さんに学資出してもらってんだから……
保　見事にしらばっくれるな、それ出すと。
百合子　恩を返してないからよ。後ろめたくはあるんじゃないの。
保　そこそこ、そこで願わくばですよ。

真弓が下りてくる。

真弓　どうしたの？
百合子　あ、叔父さんね、また電話……（と、ドア外を示す）
真弓　ねえ、ホームレスだったってこと、言わないの？
保　えっ、そんなつもりはないけどさ……
真弓　浄水器の販売やってたって、そこで話止まってるよね。
百合子　だって、あそこで携帯が鳴っちゃったから……
真弓　その後、戻るかと思ったら、すぐ、就職のお願いに飛んじゃうし……
保　流れでさぁ、切り出しやすかったんだよ。やっと改まった空気になったじゃない。
真弓　だいたい、お義兄さん本人が明らかにすべきよね。私、今そう言ったんだ。そしたら、保たちがそこに触れたくないみたいだから、自分からは、なかなかホームレスだったって……
百合子　ごめん、ホームレスって言い方なんだけど、何か、別のになんないかな……
真弓　別のって……
百合子　ちょっとビンビン来過ぎちゃうの。ごめんね、私も今までは、そういう人のこと、そう呼んでたんだけど……
保　それを真弓に押しつけるのは……
百合子　でも、あるじゃない。自分の身になってみなきゃわかんない差別表現って……
真弓　ホームレスって差別表現じゃないでしょう。
百合子　言われた側の痛みの問題なんだけど、野良猫だって地域猫って言ってもらえる時代でしょう。

保　わかったよ。じゃ地域生活の件にしよう、今後これに関しては。
百合子　イヤよ。それだってズバリじゃない。
保　じゃ、上野公園の件。
百合子　公園ってのが……
保　じゃ、上野の件。
百合子　私はいいけど……
保　(真弓に) そんなことだけど、いいかしら?
真弓　じゃ上野の件でもいいですけど、上野の件に関しては、叔父さんに言っといた方がいいんじゃない?　今回、そこからの、ギリギリの再出発なんだって……
保　そうだな、そういう言い方でなら、ね、姉貴?
百合子　う〜ん、叔父さん、ああいうのに偏見あるから……
保　(真弓に) 確かに、そう開けた人じゃないんだ。下手に誤解されて、不安材料にされると困るけど。
真弓　でも、後でわかると、かえって不安材料にされると思うのよ。隠してたって、それだけのことで……
百合子　わかるって、何でわかるの?
真弓　言わないの?　秘密にするわけ?
保　(真弓に) そうじゃなくって、(百合子に) 時機のことだろ?　言う時機。
百合子　時機……?

保　（百合子に）就職決まって、ちゃんと働き出してからとか……
真弓　それが感じ悪いっての。騙したみたいに思われちゃうと……
保　騙すんじゃないよ。言うんだから。
真弓　今言わなきゃ、フェアじゃないよ。や〜よ何だか嘘ついてるみたいで。
保　わかった、言いますよ。（百合子に）な、もともと言うつもりだったんだから。

ドアの外から昭三の笑い声が聞こえてくる。

百合子　叔父さん血圧高いわよ。
保　あ……
百合子　下が百十三で、上が百八十五。
保　あれ、親父が倒れた時って……
百合子　下が百二十四、上が百八十七。
保　おい、危ねぇぞ……
百合子　顔も似てきたしね……
保　（真弓に）親父、脳溢血だったからね……
真弓　言ったら、倒れる？　言ったら必ず？
保　感情的になるなよ。血圧ってのは現実的に……

真弓　いつ下がるのよ血圧は？　教えてよ、いつ下がるの？
百合子　牛乳ある？
保　うん……

百合子、台所へ。

保　（真弓に）いろいろとスッキリしないだろうとは思うけど、姉貴の気持ちもわかってやってよ。やっとここまで関わる気になってくれたんだし……
真弓　気持ち関わるんなら、お金も関わってほしいよね。お義兄さんにかかるお金は全部こっち持ちで……
保　持って行き方考えろよ。いきなり出せって言うよりも、だんだんその方向に持ってって……

牛乳を飲みながら出てきた百合子、後ろから二人を見ている。

真弓　穏やかに言えばいいでしょう。こっちの実情を説明して、ちゃんとわかってもらえるように……
保　じゃ、俺言うよ。お前から言うと、姉貴にだって面子あるから……
百合子　言いたいなら言ってよ。私、面子になんかこだわらない。

保と真弓、振り向く。

保 いや、面子だなんて、そういうつもりじゃ……

真弓 こっちも遠慮して説明不足でした。やっぱり、費用は嵩むんです。これからスーツも作らなきゃならないし……

百合子 スーツ？　幸介の？

真弓 保のもあるけど、ちょっとサイズ合わないし……

百合子 そこなのよ。言ったらスーツが着られるかって。叔父さんが倒れなくても、スーツを着る職業を果たして紹介してもらえるかって……

保 あ、上野の件のこと？

百合子 フェアも血圧もクリアしたとして、幸介自身の将来よね……

保 （ホッとして）うん、どうなんだろ、そこらへん……（と、真弓を見る）

真弓 （うんざりし）上野の件についてはですね、プラスの側面もあるでしょう。誰でもできることじゃないんだから。ホームレスになって見えたこと、ホームレスになって初めて感じたことなんかを……

百合子 （泣き出し）上野の件って言って、お願い、悪いけど、ご迷惑でしょうけど……

昭三が戻ってくる。

昭三　すいませんね、たびたびの中断で……そうかそうか、うん、そうかぁ……（周りの空気を察し）ま、ひとつ、暗い顔をしないで……

真弓　（何やら責任を感じ）あの、可能性としてはどうなんでしょう。浄水器の販売も真面目にやっていたわけですし……

昭三　いい嫁さんもらったなぁ、保君。こういう時に、いい嫁さんだと思うだろう。

保　（笑い）どうも、まっしぐらで……

昭三　幸介君も幸せだよ。ねえ、みんながまっしぐらで。

真弓　で、そこでなんですけれど……

昭三　そうそう、そこでなんだけど……（と、身を乗り出す）

真弓、保、百合子も身を乗り出し、

真弓　はいっ……

保　（同時に）はいっ……

百合子　（同時に）はいっ……

昭三　どこに住むつもり、当面？

保　あ、それは、仕事先によって……

昭三　決まるまでよ、仕事が。
保　今はウチにいるわけですが、あんまり長引きますと……
真弓　来月の十二日には、拓が帰って来るんです。
昭三　しかし、グローバルだね。オーストラリアだなんて。小学校、何年だっけ？
真弓　五年です。
昭三　五年、五年て言うと……
保　十一歳です。叔父さん、せかして申し訳ありませんが……
昭三　部屋はあるんだろ、今の、畳の……
真弓　そうですけど、ずっとそこにというわけにも……
昭三　でもさ、出るとかかるよ、部屋代やら何やらで……
保　ええ、そうなると、少し……（と、百合子を見る）
百合子　（無表情）……
真弓　正直言いまして、予定外の出費が嵩みますと、ここのローンもかなりきついですし……（と、百合子を見る）
昭三　こんな家建てるからだよ。いい家だもん……
百合子　大したもんよ。ウチなんかまだマンションなのに……
真弓　それに、私もそうたびたび仕事が入るわけじゃなくって……
昭三　（保に）早い方じゃないの、その年で一軒家ってのは？

真弓　ですから、相当な無理をしたわけで、このまま、お義兄さんにかかる経費を……

昭三　俺の時分は、土地なんぞ安いモンで、家なんだ、かかるのは、できたはいいけど、畳入れる金がなくって、ゴザだよ、ゴザ敷いてんの……

百合子　ご苦労なすったのよねぇ……

昭三　そういう苦労は知らんだろう。やっと畳が入ったのは、あれは……

外で犬の吠える声。

インターホンから短いメロディーが流れる。真弓、インターホンの方へ。

昭三　いや、ムシロだ。ゴザの前にムシロだった。近所の農家に、ごめんくださいって入っていって……

真弓　（インターホンに）はい？

金井塚の声　金井塚金井塚。

真弓　どうしたの？

金井塚の声　緊急緊急。

昭三　変わった人だね。

真弓　（金井塚に）ちょっと、今ねぇ……

金井塚の声　（犬に）ガープ、うるさいぞ、静かにおし！

昭三　ハハハ……

百合子　いいわよ、真弓ちゃん、私たち上行くから。ね、保？

保　うん。叔父さん、兄貴待ってるから……

昭三　そうかそうか、緊急緊急……（保、百合子と階段の方へ）

金井塚の声　もしもし、まずいの？

真弓　（ドアのロックを解除）じゃ、とりあえず入って。（昭三に）すいません。すぐ行きます。

昭三　いやいや、こっちは気にせんで。

保　ゆっくりでいいよ。ゆっくりで……

と、三人は二階へ。
真弓、ちょっと見送る。
金井塚、入ってくる。

金井塚　なぁんか取り込み中だった？

真弓　今、叔父さん来てんのよ。お義姉さんも来てて……

金井塚　ああ、例のご相談？

真弓　そうそうそう……

金井塚　悪い悪い、ただちに消えるから……

と、ズカズカ入り込み、持参のミネラルウォーターを飲む。

真弓　とか言って、アレが見たくて来たんじゃないの？

金井塚　ちゃうちゃう、会ったのよ、ウチの店で、平泉と副島に。（にこやかに）あらぁって言ったら、（冷ややかに）あらぁ……。（にこやかに）どうもぉって言ったら、（冷ややかに）どうもぉ……

真弓　……？

金井塚　違い、わかんなかった？　もう一回やろうか？

真弓　いい。それが緊急？

金井塚　平泉と副島のこれらは、いったい何を意味するのか？

真弓　暇ねぇあなた。私だって今相当に無愛想よ。

金井塚　真弓のは自主的無愛想。だが、彼女らの無愛想は自主的意志から生じたものであろうか？　ん？

真弓　ん……？

金井塚　先だって、平泉は私にこう言った。（平泉になり）凄いわねぇ、拓ちゃんと大五郎ちゃん、オーストラリアにファームステイですって？　牧場で、自然や動物とふれあいながら英語を学ぶなんてオシャレよねぇ。ウチの子も行かせてやりたいなぁ。副島に至ってはさらに積極的で、（副島になり）そんなことやってる英語教室、どこどこ？　何で誘ってくれなかったのよぉ……

真弓　言ってたわよ私にも、いいなぁ、じゃ、野球部の合宿行けないねって。
金井塚　どっち？　副島？
真弓　平泉。副島はね、電話してきたから、パンフレット、ファクスしたもん。
金井塚　その二人が何で急にヨソヨソしい？　ちょっと考えてみ。
真弓　私ね、頭マンパイなんだ。
金井塚　ＯＫ私が考えよう。平泉と副島の態度の急変には、大貫あたりのご機嫌が絡んでいるのではないか。つまり、お世話係幹部の間で、批判が出たのではないか……
真弓　批判？　あなたに？
金井塚　私たちによ。せめて準備段階ぐらい手伝えって……
真弓　だって、うちの子合宿行かないもん。
金井塚　どうもさ、ご子息がご留学だからって、お前ら野球部のお世話係であることに変わりねえだろって思想だね。
真弓　自由参加じゃない。そんなルールないよ。
金井塚　お世話連の心のルールね。なくても実はあるルール。
真弓　ないルールはあくまでない。
金井塚　そうそう守る必要はない。つまりはそれの確認だ。
真弓　やあねぇ、動揺してんの？
金井塚　してないわよ。ちょっとムシャクシャしたからさ……

真弓　言われたわけじゃないんでしょ？

金井塚　ただきぁ、やっかみに理屈がついて行くってのは、お世話連らしい展開でしょ？

真弓　自分たちもやめりゃあいいのよ。親の負担が重過ぎるって、ブチブチ言ってる人多いよ。

金井塚　そのブチブチ派の不満をさ、大貫夫人が利用したわけよ。（大貫になり）今年こんなに大変なのは、あの二人が抜けたからでざますってさ……

幸介、二階から下りてくる。髪も短く切り、こざっぱりとした服装。

幸介　どうも……（と、二人に会釈）

真弓　あ〜（と、どう表現すべきか迷うが）義兄です。あ、こちらは拓のクラスでご一緒の……

金井塚　金井塚です。どうも……

幸介　どうも、真弓がお世話になりまして。

と、笑顔で一礼、ガラス戸から外に出る。

真弓　聞いたぁ……

金井塚　聞いた……

真弓　慄然として、しばし佇む……

金井塚　しかし、思ってたよりは……かな？
真弓　何そのテンテンテンは？
金井塚　まあ、思ってたよりは、好いたらしい男だね。
真弓　スケベたらしいと正しく表現してくれる。アレがいたんじゃ下着も干せないわ。

幸介、真弓たちに背を向け、花など見ているが、そのポーズはどこか意識的。

金井塚　おうおう、気取っちゃって……
真弓　保にああいうのがいたのよねぇ……（と、しみじみ見る）
金井塚　やっぱり夫婦の歴史が覆る？
真弓　ちょっとの事情は聞いてたし、アルバムも見たからね。あんまり隠されてるって意識、なかったんだ。死んだ人みたいな感じだったの。私が保と知り合う前に、死んでしまったお義兄さん……
金井塚　まあしかし、生きてご活躍となってしまうと……
真弓　それもあるけど、保がさ……保の見たくないとこばっかり見えてくる気がして……
金井塚　兄貴から発想しない方がいいよ。
真弓　似てるってんじゃないのよ。私ね、保とは気が合うと思ってたんだ。でも、ひょっとしたら、保が私に流されてただけなんじゃないかって。私が「これいい」って言うと、保も「うん、いいね」って言う、その意志がさ、果たして保自身から出てたのかって……

金井塚　そこが御しやすくっていいんじゃない。
真弓　あなた、そういう評価してたの？
金井塚　いやいや、物分かりよ。元の亭主があんなだったら、私も子連れ狼になってたかってさ。
真弓　物分かりかぁ……
金井塚　え？
真弓　流されるんだわ、とにかく。まず兄貴に流されて、今度は姉貴に流されて……
金井塚　そこで真弓も流せばいいのよ。
真弓　流れないのよ、今回、身内意識に塞き止められて……
金井塚　来るよ、来る来るこっちに向かってる。

幸介、ガラス戸から入ってくる。

金井塚　じゃ、私はこのへんで……
真弓　うん……
金井塚　（幸介に）どうも……
幸介　どうも……

金井塚、出ていく。幸介、所在なげにブラブラしている。

幸介　あの方、トラックから下りてきましたね。二階から見えました。
真弓　友達と自然食品のお店をやってるんです。
幸介　はぁ、じゃお店の車だ……
真弓　行かないんですか？
幸介　さっき思い出話に入ったんで、まだたけなわでしょう。すっかり叔父のペースでして……
真弓　あなたが戻したらどうなんです。
幸介　義兄ですって言ってくれましたね。妙に嬉しくなってしまって……
真弓　あなたは本気なんですか。あなた自身の問題なのに、何だかのんびりなさってません？
幸介　実に困難な話し合いです。まっすぐには進まずに、すぐに枝葉に分かれてゆく。ああ、これが中村家の流儀だったと、だんだん無力感にとらわれまして……
真弓　ふざけないでいただけます？　私だって仕事入ってるんですよ。
幸介　あなたは違う、あなたは。感情論で動く人、腹の内を見せない人、対処だけに追われる人……この中にあなたはいません。
真弓　これだけ世話になっといて、対処に追われるはないでしょう。感情論と腹芸に囲まれちゃあ、保だって対処に追われますよ。
幸介　そうそう、そう思ってくださるんならよかった。僕もそう思うんです。これで、保をふがいないとは思わないでいただきたいと……

真弓　あのう、強盗に説教されるような気分って、わかります？
幸介　ああ、強盗に……戸締まりの説教をされるような……
真弓　そうです。強盗はまず自分自身を反省しろ。私はそう言いたいですね。
幸介　でも、強盗じゃなかったでしょう？
真弓　は？
幸介　僕ですよ。……あなた、僕の持ち物検査したじゃないですか。
真弓　……
幸介　あの日、初めて来た日、あのままお風呂に入らなかったんです。タオルを汚しちゃ悪いような気がして、自分のを取りに上に上がった。そうしたら、あなたが僕のズタ袋を……
真弓　……
幸介　怪しい書類なんて、なかったでしょう？　実印を使って戻すような……

真弓、答えず、二階へ上がる。幸介、そのままいる。

3

一週間後。日曜日の午後。
保が階段を下りてくる。すぐ続いて、登紀子。

登紀子 いい部屋だよねえ。見晴らしもよくって。姉さん、あんなとこで暮らすこともできたのに……

保 ええ、何度も誘いはしたんですが……

登紀子 そりゃあだって、幸介ちゃんがさぁ、もしも戻ったらって、そういうのがあったから……

保 おふくろも馬鹿ですよ。あんなのを待って、千羽鶴折ってたんだから……

登紀子 私も手伝わされたわよ。広告のビラため込んで、真っ四角に切ってねぇ。真っ四角じゃないってよく怒られた……

保 それだけ待ってた兄貴がようやく現れたんです。叔母さん、ここはどうか、おふくろの気持ちを……

登紀子 遅かったよねえ、出てくるのが。あと一年早かったら、姉さん、会うこともできたのに……

保 ええ、兄貴もそのことは……

登紀子 弥生町の家はさ、チューリップが咲いて、クロッカスが咲いて……それをさぁ、あんなちっちゃいアパートに移って……

保 電話番号だけは変えないって頑張りましてねぇ……

登紀子　そりゃあだって幸介ちゃんがさ、もしもかけてきたらって……
保　おふくろが、それだけ待ってた兄貴なんです。叔母さん、聞いていただけませんでしょうか？
登紀子　（用心深い顔になり）まず、お父ちゃんに聞いてみないとさぁ……
保　ええ、ですから、聞いていただけないかと……
登紀子　あれ、何しに来たんだっけ？
保　あ、そこです。その奥を左……（と、トイレの位置を指し示す）
登紀子　遅かったよねぇ、出てくるのが、せめてあと一年早かったら……（と、首を振り振りトイレへ）

百合子が階段を下りてくる。

百合子　叔母さん、何だって？
保　出てくるのが遅かったたって……
百合子　またぁ。壊れた蓄音機とはよく言ったよ。
保　断りにくそうな気配ではあるんだ。あとひと押しですよ。
百合子　募集の貼り紙出してるくせに、しぶといよねぇ……
保　まあ、これで断ったら角が立ちますよ。
百合子　真弓ちゃんも、もうちょっと観察力がほしいわねぇ。叔母さん、用心深いんだから、母さんのセンから責め崩すしかないのに、すぐ幸介のセンに戻すでしょう……

保　売り込もうとしてくれてんだよ。熱意は認めてよ。

百合子　真弓ちゃんのこと、頭いいって思ってたけど、はっきり言って逆なんじゃない？　あの正論は、鈍くなきゃ吐けないよ。

保　そこまで言う？　この私の妻に対して……

百合子　人情の機微がわかんないもん、物書きとしちゃ致命的よ。アトラスから仕事来なくなったんだって、あの恐るべき正論のせいじゃないかって……

保　あれはアトラスが悪いよ。俺は全部聞いてるし……

百合子　真弓ちゃんから聞いてんでしょ。アトラスの身にもなってごらんよ。下手な物書きに、まっしぐらの正論でガンガンやられたんじゃ……

保　……

百合子　学校でだってどうなの？　あの離婚狼とまっしぐらやって、孤立してんじゃないのかなぁ。ファームステイだって、逞しくなるどころか、おかしくなっちゃう子もいるのよ。牧場だぁ、大自然だぁ、腕白でもいい、逞しくどうたらって、真弓ちゃん、そういうのにはめっぽう弱いから……

保　あれは、ウィルソン先生の実家だよ。マリコ先生も一緒だし……

百合子　シロウトさんだってことでしょう。ちゃんとした業者の、経験ある人がやってんのと違うんだから。あんなのに三十何万も投資して……

登紀子、戻ってくる。

百合子　叔母さん、すみません、本当にもう……

登紀子　いいのよ、久しぶりに来てみたかったたし、オイテテテ……（と、少し膝をかばいながらソファに腰を下ろす）

百合子　お膝、やっぱり痛いんじゃないの？

登紀子　ううん、大丈夫。

保　悪かったなぁ、畳に座ったせいでしょう？

登紀子　痛くないから座ったのよ。いい眺めでさぁ、姉さん、あんなとこで……

百合子　叔父さんも腰痛、ひどいんでしょう？

登紀子　だましだましやってるわよ。ここんとこは、それほどじゃないしね。

百合子　母さんさ、叔母さんちに泊まり込んだことあったじゃない。叔母さんが膝痛くって動けなくなったとき……

登紀子　あのときは参っちゃったわよ。水抜いたはいいけど、靴まで作るってんで、型とってさぁ、三万六千円だったかな？

百合子　そうそう、それで母さんが手伝いに行ったでしょう……

登紀子　悪いからいいって言ったのに、向こうから来てくれちゃって……

百合子　（保に）いい気晴らしになったって喜んでたよねぇ。

保　一か月も店番やったとかって、何回も何回も聞かされたよなぁ……

登紀子　繰り返す人だったよねぇ、でもね、私は黙って聞いてあげた。初めてみたいなふりしてね。繰り返して繰り返して、それで気がすむんならさぁ……

百合子　こっちはたまんなかったわよ。配達まで手伝ったって、あの繰り返しは……

保　ああ、叔父さんが腰痛出ちゃって……

登紀子　この頃は配達も楽なのよ。小口の注文ばっかでさ、飲み屋もスナックも軒並み景気悪いからねぇ。

百合子　でも、叔母さんも膝が痛いんだから、お店の中の仕事だって……

登紀子　膝はいいのよ、シリコン入りの靴もあるし……

百合子　じゃ何で店員さん募集してんの？

登紀子　……

百合子　店員急募って、赤マジックで、お店の前に貼り出して……

登紀子　出しはしたんだけど、どうかなぁって、ここんとこ売り上げも悪いし……

百合子　何だ、そうなんだ……

登紀子　せめてバブルの時期ならねぇ。出てくるのが遅かった……

百合子　じゃ、二人でいくのね、店員なしで？

登紀子　うん、まあ……

百合子　（鋭く）大丈夫よ、確かめに行ったりしないから……

登紀子　え……（と用心する）
百合子　（吹き出し）もうっ、用心しちゃって、やだぁ……（と、笑う）
登紀子　……（どう反応すべきか用心する）
百合子　わかったわかった。配達の件はあきらめます。
保　えっ！
百合子　未練たらしい顔すんじゃないわよ。幸介なんて、前が前だもん。これ以上叔母さんを困らせたって……
登紀子　そういうんじゃなくって、景気の方が……
百合子　（明るく）わかってるわかってる。幸介にはうまく言うから。
保　姉貴ぃ……
登紀子　……ちょっと、お庭見せてもらってもいい？
百合子　どうぞ。足元、気をつけてね。

登紀子、ガラス戸から外に出る。

保　いいのかよ、あんなにあっさりあきらめちゃって……
百合子　馬鹿だね、これで決まりだよ。
保　決まりって？

百合子　店員は幸介よ。
保　何でわかる……？
百合子　わかるじゃない、こういう意識の流れはさ……
保　博打うちだなぁ、姉貴も……
百合子　まあ勝つんじゃない。庭に出るのは二度目だからね。
保　どうだかね。無罪放免されたってんで、また見たくなったとか……
百合子　たとえこっちが負けたとしても、あっちだって店員雇えないわよ。私が必ず確かめに行くって、たぶん思い知ったろうから……（低く笑い出す）
保　（不気味そうに見て）姉貴ぃ……牛乳飲んだら？
百合子　小市民め、今さら、膝が痛くないなんて、断固認めない。腰痛も出てないなんて、超しらばっくれ御用心主義は断固……

真弓が下りてくる。

真弓　ねえ、叔父さんにも頼んでるって言わないの？
百合子　（ガクッと伏せて見せる）……
保　（真弓に）ちょっと待ってくれないかなぁ。叔母さんで決まりそうなとこなのよ。
真弓　叔母さん、引き受けるって？

保　今、お庭で考慮中ってとこらしいんだ。
真弓　そう言ったの?
百合子　言ったとか言わないとか、もう勘弁してよぉ……
保　叔父さんと叔母さん、天敵なんだ。あの二人のソリの合わなさったら、おふくろの葬式でも見てるだろ。
真弓　だけど、もし叔父さんの方から話が来ちゃうと……
百合子　来ないから、叔母さん呼んだんじゃない。
真弓　だから、そう言っときゃいいでしょう。そしたら、もしもの場合だって……
百合子　それは、叔父さんからも来るって前提よね。
保　昨日の電話の様子じゃさ、叔父さん、動いてないような……
真弓　何ではっきり聞かないかなぁ……
保　はっきり聞いたよ、そしたら、うん、動いてはいるって……
真弓　じゃ、動いてるんでしょう。
保　建前としちゃ言いますよ。
真弓　建前としては言ったんなら、この際両方にお願いしたって、叔父さんにも叔母さんにも……
百合子　叔父さんは駄目よ!　絶対に駄目!
保　あの年代には男の沽券ってヤツがあって……
真弓　だって、叔母さんが相談に乗り出した以上……

保　乗り出してるか、あれ？
真弓　お庭で考慮中なんでしょ？
百合子　もうっ、この人どうにかしてよ、あんまりわかんな過ぎるわよぉ……
幸介　叔父さんにも叔母さんにも、僕から正直に言いますよ。

と、階段を下りてきている。

幸介　僕がウダウダしたからさ。だんだん傍観者みたいな態度になって……
百合子　真弓ちゃん、幸介に何か言ったの？
幸介　姉さん、僕の意志なんだから。
百合子　真弓ちゃんでしょ。正論だけで責め立てられて……
真弓　言いました。そう思ったから。
幸介　でも、今は僕の意志だよ。
保　わかってる？　もう兄貴だけの問題じゃないんだ。
真弓　保、お義兄さんに任せよう。だったら私、何も言わない。
百合子　私、帰る。
保　姉貴ぃ……
百合子　付き合ってらんないわよ、こっちが必死でやったって、どんどん崩してく人がいるんだもん。

好きなようにやんなさいよ。私、帰る！（と、階段を駆け上がる）

保、真弓と幸介を睨み、百合子の後を追う。

真弓　……いいんですよ、無理しないで。私、もう意見しませんから。

幸介　言います。言わないとかえって面倒になりますから……

真弓、力なく腰を下ろす。

幸介　姉さんもいつからあんなに保守的になったのか。学生時代は、世界同時革命だぁなんて威勢がよかったんですが……

真弓　お義姉さんが……！

幸介　活動家っぽい男とつきあってましたよ。姉さんの下宿に入り浸ってて……

真弓　保からはそんなこと全然……

幸介　僕以外は、たぶん誰も知りません。家に帰るときはGパン脱いで、スカートはいて、頭の方もうまく衣替えしましてねぇ……麻雀の金せびりに行って見つけたんです。お陰さまで、以後はそれをネタにちょくちょく……

登紀子、戻ってくる。

登紀子　よく手入れしてるわねぇ。百日紅がきれいに咲いて……
幸介　あのう、叔母さん、ちょっとお話がありまして……
登紀子　あっ……
幸介　え？
登紀子　百合子ちゃんが何か言ったんでしょ？　（と、用心深い顔になる）
幸介　いや、別にそういうんではなくて……（と、つい真弓を見る）

真弓、スーッと台所へ。登紀子、それを目で追う。

登紀子　何であっちに行ったの？
幸介　それよりも、叔母さん……
登紀子　私のこと、怒ってんの？
幸介　怒ってる？
登紀子　百合子ちゃんが言ったんでしょ？　私が嫌がってるとか何とか……
保の声　（階段上で）事故るぞ！　死ぬぞ！

バッグを持った百合子、階段を駆け下りてくる。

登紀子　帰んの……？

百合子　（登紀子を前にして、立ち往生）……

保　姉貴ぃ……（と、うんざり顔で下りてくる）

百合子　ごめんなさい。私もうマジギレしちゃって……

と、ドアから出ていく。

登紀子　間仕切りした？

保　急用です。急用でマジキレして……

登紀子　嘘。私に間仕切りしたんでしょう？

幸介　僕です。僕に……

登紀子　私はイヤだなんて言ってないわよ。ただ、幸介ちゃんみたいに、いい大学出た人が、ウチみたいな酒屋の店員じゃあって……

保　そんなのいいですよ。聞いてもらえます？

登紀子　ウチはお金も安いし、ボーナスも出ないし……

保　兄貴、そんなのいいよなぁ？

幸介　それはもう、藁にもすがる、いや、叔母さんが藁だという意味ではなく……

と、つい台所を見やる。
保、登紀子もつられて見る。
覗いていた真弓、やんわりと首を引っ込める。

保　兄貴、無視、無視……
登紀子　え、虫？　（と幸介を見回す）
保　ううん、ムシムシする、ね、兄貴……
幸介　（保の語尾に重なって）実は、昭三叔父さんにも頼んでるんです。

間。真弓、また覗く。

登紀子　……昭三さんに？
幸介　ええ……
登紀子　私より先に？
幸介　すいません。二またかけたみたいになって……
登紀子　本当ぉ……？（と保を見る）

幸介　本当です。それを叔母さんに言う言わないでもめて……

庭で犬が鳴く。インターホンから来客の報せ。

保　あれ、誰だろ……（と、救われた思いでインターホンの方へ）
幸介　姉さんは、言うなと、それで怒って帰ってしまって……
保　（インターホンに）はい？
昭三の声　昭三ですよ～ん。突然で悪いね。ちょっといいかい？
保　あのう、今、登紀子叔母さんが来てて……
昭三の声　えっ、チクオンキが？
保　今現在このそばにいらっしゃいます。
昭三の声　あらあら、それはまた、じゃ、ご挨拶もかねて……
保　（ロックを解除）どうぞ……

真弓、台所から出てきている。

登紀子　チクオンキ……
幸介　ですから、叔父さんが来たのは、それは僕が頼んだからであって……

登紀子　チクオンキ、そう言ったよね、今……

保　ガープが吠えてたからなぁ……

昭三が汗を拭き拭き入ってくる。

昭三　あらあら、スタンディングでお迎えいただきまして……

真弓、幸介、保、昭三に黙礼。

昭三　（登紀子に愛想よく）これはどうも、お久しぶりで……

登紀子　こちらこそ、ご無沙汰いたしまして……

保　叔母さん、もし時間がアレだったら……

昭三　いいのよ、私がすぐ退散しますから。（登紀子に）今日はじゃ、幸介ちゃんにご面会ってことで？

登紀子　ええ……

幸介　あのう、叔父さん、叔母さんにおいでいただいたのは……

保　兄貴、叔父さん血圧高いから……

幸介　あ……

保　まず冷たい物でも飲んでもらおうよ。

昭三　あら、すいませんねぇ……

真弓、台所へ行こうとする。

保　いい、俺やるから。叔父さん、突然ぶっ倒れたりしないでくださいよぉ……（と台所へ）

昭三　（笑って登紀子へ）どうも冗談じゃなくてね。危険ゾーンなんですよ、現在も。

登紀子　ご活躍が過ぎますもん……

昭三　いやいや、顧問なんてのは、つまるとこ雑用係でね。（登紀子に）あ、どうぞお座りください。私の方はすぐなんで……

真弓　どうぞ、叔母さんも叔父さんも……

昭三　まま、登紀子叔母さま、お先に……

登紀子　私、ちょっとお庭見せてもらうんで……

昭三　ああ、どうぞ遠慮なく見てやってください。

登紀子、カチンときた様子で、ガラス戸から出る。
台所から見ていた保、真弓の視線に気づくと、引っ込む。

昭三　（幸介に）チクオンキってのの聞こえた？

幸介　たぶん……
昭三　あそう……いいんだよ、壊れたってのがついてないんだから……（と、ソファに座って、真弓と幸介を見やり）ま、ひとつ暗い顔をしないで……
保　（台所から顔を出し、真弓に）おい、冷蔵庫、水漏れしてんぞ。
真弓　えっ、またぁ……
昭三　正春さんに直してもらえよ。
真弓　頼んではあるんですけど、忙しいらしくって……（と、行く）
昭三　まあ、修理部門は追い風よ。（幸介に）会った、百合ちゃんとこの正春さん？
幸介　いえ、まだ……
昭三　いい人だよ。親戚に電気関係がいると強いわ。
幸介　あのう、叔父さん……
昭三　心得てるって。チクオンキの前じゃ言わないよ。上で話そう。ちょっと心当たりができてね。

保、飛び出してくる。

保　（警戒して）何話してんの？
昭三　二、三、感触のよさそうなとこがあるのよ。面接の件でさ、ちょっと打ち合わせを……
保　本当ですかぁ！　兄貴ぃ、兄貴ぃ……

幸介　……

昭三　（幸介の沈黙に）何だよ。もう緊張したのかい？

いったん消えた登紀子が、ガラス戸の向こうから昭三たちを見ている。

真弓、それを見やりながら、麦茶を運んでくる。

保　真弓ぃ、叔父さん、見つけてくれたよ！

真弓　え……（と、幸介を見る）

昭三　これからよ、勝負はこれから。俺の紹介だってことで、年齢制限とっぱらってくれただけでね、選ぶのは向こうさんなんだから……

保　でも、ここまで漕ぎ着けたってのは、兄貴ぃ……

幸介　……

真弓、それぞれの前に麦茶を置く。

登紀子、入ってくる。

真弓　叔母さん、麦茶……

登紀子　ああ、ありがと……

と、抵抗感を示しながら、ソファセットの端の方に腰掛ける。

昭三　（登紀子に）お義姉さんのお葬式以来でしたっけね？

登紀子　ええ……

昭三　あの折は、どうも出しゃばりまして……

登紀子　お陰さまで、助かりました。

昭三　直次郎さんも、お達者で？

登紀子　ええ、もう腰も大丈夫で……

昭三　酒壜の上げ下ろしがね、ああいうのは若いのがいないと……

登紀子　腰は大丈夫なんです。

昭三　啓介ちゃんが、お好み焼き屋なんかやめて帰ってくりゃいいんだよ。どうせ店持てるわけじゃないんだから……

登紀子　チクオンキ……

ソファの面々、少し沈黙。

真弓はカウンターの方に座り、麦茶を飲んでいる。

保　え〜とっと……

昭三　あ、保君、二階を見せてくれないかな？　新築祝いで見たっきりだから。

保　あ、どうぞ。惜しい所にビルが建っちゃったけど……

昭三　（登紀子に）じゃ、ちょっと失礼して……

登紀子　どうぞ遠慮なく見てやってください。

昭三　ハハハ、お許しをいただいちゃったか……

登紀子　さっきそう言ってもらったもんで……

昭三　そちら様も遠慮なくごゆるりと……（と、二階へ）

保　兄貴、来ない？　叔父さんとは久しぶりなんだからさぁ……（と二階へ）

幸介、真弓の方を見る。真弓、知らん顔をしている。
幸介、登紀子に目礼、二階へ上がっていく。真弓、それを見る。

登紀子　やっぱり仕事なんて頼んでないじゃない……

真弓　いえ、頼んではいるんです。

登紀子　だって今、新築祝いから来てなくて、久しぶりに会ったたって……

真弓　それはですねぇ……

登紀子　昭三にも頼んだって言えば、私が焦ると思ったんでしょ？

真弓　そうじゃないんです。最初っから説明しますと……

登紀子　保っちゃんと百合子ちゃんが、昭三に頼むはずないもん。弥生町の件のとき、アイツがどんなに卑怯に立ち回ったか……

真弓　弥生町の件？

登紀子　横領よ、幸介の。あ、聞いてなかった？

真弓　聞いてますけど……

登紀子　それをここんちでは弥生町の件って言うの。

真弓　ああ……

登紀子　親族会議でね、もうここまでになったなら、幸介に責任とらせようって、そこまで話はいってたんだから。あの小心者のお義兄さんですら、これ以上甘やかしちゃ幸介のためになんないって、実の父親がだよ。姉さんだって、泣く泣く承知してさ。私もそれがいいと思った。百合子ちゃんも、保っちゃんも泣いたわよ。それをさ、あの昭三が一人一人そそのかして、逆転させたのよ。身内から、そんな逮捕者が出ちゃったら、みんなの将来に響くとか何とか。ホントはさ、自分が会社で、あのダンボール屋で後ろ指差されんのが怖かっただけなんだから。自分だけは重役になってさ、百合子ちゃんにも保っちゃんにも遺産が残んなくしちゃったの、昭三なんだから。二人とも恨んでたよぉ。あんとき、昭三の誘いに乗んなかったらって……

保の声　（階段上で）叔父さん、叔父さん……

昭三が、荒い足取りで階段を下りてくる。最下段でよろめき、転びかけた拍子に床に手をつく。
追ってきた保と真弓、同時に声をあげ、駆け寄る。

真弓　大丈夫ですか……

真弓と保、昭三を助け起こそうとする。
昭三、二人の手を振り払い、そのまま呼吸を整えている。
じっと見ている登紀子。

保　(床に手をつき) すいません、こんなつもりじゃ……

真弓　どうしたの……?

幸介、階段を下りてくる。

幸介　叔父さん、本当に申し訳ありません……

昭三、立ち上がり、幸介、保、真弓、登紀子を見渡すと、手にしていた数枚の履歴書をまとめて引き破って床に捨てる。

昭三　……酒屋の店員にしてもらえ！　こっちは二度と、金輪際……（と、さらに何か言おうとするが、
やめて出ていく）

保　叔父さん……（と、追う）

幸介、破れた履歴書を拾う。
じっと動かない登紀子。
真弓、その両方を見ている。
玄関の方からは、言い訳しているらしい保の声。

昭三の声　引っ張るな！　破れるだろが！

荒々しくドアの閉まる音。
真弓と幸介、何となく顔を見合わせる。
戻ってきた保、憮然とした顔で幸介と真弓を見る。

幸介　……と、言うわけで、叔父さんにもお願いしておりましたような次第で、どうも、誠に……

登紀子　（急にニンマリし）でも、断ったんでしょ。そこまで義理立てしてくれなくってもいいのに

……

幸介　いや、義理立てというのか……

登紀子　わかった、お父ちゃんに聞いたげる。私だって力になりたいんだから……

幸介　え、よろしいんですか？

登紀子　（笑い出し）死にそうだったわね、今。私の前であんなとこ見せて、アイツもさぞかし……

（と、さらに高笑い）

幸介、真弓、保、ただ笑う登紀子を見つめる。

登紀子　じゃ、そんなんで。私もそろそろ……

保　あ、お送りします。

登紀子　悪いわねぇ……あ、バッグ……

真弓　とってきます。（と、上に行こうとする）

登紀子　いいのいいの、も一回見たいから。姉さんあんなとこで暮らすこともできたのに……

と、上機嫌で二階へ。

保　……知らねえぞ。叔父さん、いい仕事持ってきてくれたのに……

真弓　（幸介に）断ったんですか？

幸介　いえ、叔母さんにも頼んでいると言っただけで……

保　（真弓に）お前が正義感振り回すからだよ。（と、カウンターの抽斗に車の鍵を取りにいく）こっちは日曜ごとにこんなんでつぶされて……

幸介　もう後は自分でやるから、真弓さんに当たらないでくれよ。

保　断れよ、それで叔父さんにもう一度、いや、叔父さんに謝って、その感触で叔母さんの方を……

登紀子、バッグを持って下りてくる。

登紀子　これで昭三も出入りできないわね。姉さんの一周忌にだって顔見せらんないだろうし……

保　（登紀子の前に進み出て）兄貴、最後はホームレスだったんです。上野公園にテント張ってまして……

登紀子　ホームレス……（と、急に用心深く幸介を観察）

幸介　（かすかに頷いて）……

登紀子　昭三は知ってんの？

幸介　いえ、叔父さんには、まだ……

登紀子　（再びニンマリし）そうよね、それ聞いたら動くはずないもん。まあ、私にはそんなことまで……苦労したんだねぇ……

保　叔母さん、じゃ、お送りしますんで……

保、仏頂面で先に出ていく。

登紀子　正直になったねぇ、幸介ちゃん。普通だったらいろいろ隠すところをさぁ。そこんところは
お父ちゃんにもよく……

と、言いながら、玄関の方へ。
幸介、真弓も見送りに出る。

幸介の声　どうもご足労をおかけしまして……
登紀子の声　いいのよ。私だって力になりたいんだから。ホントに出てくるのがもう一年早かったら
……

「ありがとうございました」と重なる幸介、真弓の声に、保の苛立ったクラクションがまた重なる。
幸介、戻ってくる。遅れて真弓。

幸介　……

真弓　ご無理なさったんじゃないですか？

幸介　そんなことないです。

真弓　何だか叔母さんの引き受け方が……

幸介　叔父の方のは、どうせ務まりませんから。履歴書がね、だいぶ変えられておりまして、あれで入社したら、相当期待されてしまうでしょう。また、嘘も積み重ねなきゃならないし、ストレスで博打なんてことにも……

真弓、幸介から離れて座る。

幸介　保だって、そのうち機嫌直しますよ。姉にも叔父にも僕から改めて……

真弓　……

幸介　おジャマですね。お仕事入ってるんですもんね。どうぞ、お仕事を……お仕事の気分じゃないですね……

真弓　大した仕事じゃありません。エステサロンの体験取材、ケーキのおいしいあの店この店……

幸介　それだって、立派ですよ。文章でお金を稼げるなんて……

真弓　……

幸介　僕は文章が下手でねぇ。嘘つきだからかな。真実を見極めようとする目がないんでしょうねぇ……

真弓　嘘つきは文章うまいですよ。
幸介　じゃ、あなたは正直過ぎて、あ、失礼……
真弓　正直な人もうまいです。その真ん中が下手なんです。私はその真ん中です。
幸介　ほう、そういうもんですか……
真弓　その真ん中が、偉そうに正論吐いて…………
幸介　真ん中にだって正論は必要です。いや、真ん中だからこそ、あ、あなたが真ん中かどうかはともかく……
真弓　ちょっと静かにしていただけません……
幸介　あ、静かに、はい、静かに……

二人、そのまま沈黙する。

4

翌日の夜。明かりはついているが、誰もいない部屋。
保が仕事から帰ってくる。
保、書類カバンをソファに投げ出すと、ネクタイをゆるめながら、台所へ向かう。
電話が鳴る。保、缶ビールを飲みながら戻ってくる。

保 (受話器を取り)中村です……あっ……(と、急に腰を折り曲げ)昨日はどうも、いやぁ、もう、何てお詫びをしたらいいかって、一日中それればっかりで……あのう、お身体の方は? ……ああ、それならよかった……えっ……はい……はいっ……本当によろしいんですかぁ! ……ええ、別にあっちが確定ってわけでも、兄貴だって、そんなに嬉しそうじゃありませんしね。ただ、あんな具合になっちゃったもんで……兄貴ですか? 僕も今帰ったとこでして、ガープがいないから、散歩に出てるんじゃないでしょうか。帰ったら、すぐ伝えますんで、折り返しこっちから……はい……恐縮です、そこまで言っていただいて……(笑い出し)またぁ、またまたぁ、顔ですよ、叔父さんの顔……はい、はい、じゃ折り返しってことで、はい……(と、切る)

保、真顔に戻り、ビールを一口ひっかけると、受話器を持ったままソファに移動。百合子に電話する。

保　……あ、姉貴、今ちょっといい？　……テレビ、消せよ、うるせえから……すいませんね、事件でしてね。今、叔父貴がさぁ、もう一ぺん考え直してくれないかって、電話でさぁ。そうですよ、金輪際って大見得切っておきながら。まさに団十郎でしたからね、信じがたいですけどね、あの人もあんな履歴書書くぐらいだから、あちこちで大ボラ吹いて、引っ込みつかなくなっちゃったんじゃないの？　食肉問屋の若旦那が、えらく兄貴にご執心なんだと。会うぐらい会ってもらわんと、声かけちゃった手前どうたらって……営業営業。チクオンキの店員とは比べものになりませんよ。でさぁ、ちょっと来てくんないかなぁ……あっ、あっ……そういう態度に出るわけ？……そりゃ、俺だって言えますけどね、こっちには正論の怪獣もいるわけで、あの怪獣には、ぜひとも姉貴のお力が……留守なんです。兄貴は散歩、怪獣はどっかでお仕事。……兄貴が先に帰ったってさぁ、怪獣に洗脳されちゃってんだから、やっぱり姉貴のお力が……

玄関の方でドアの開く気配。

保　ちょっと待って、誰か帰ってきた（と、耳をすまし）……怪獣っぽい気配です。わかりますよ、怪獣と暮らして十二年……（と、徐々に態勢を改める）

真弓が入ってくる。保を見ると、ニコッと笑顔。保も「おう」と手で挨拶。真弓、バッグを置くと、

台所へ入る。保、立ち上がり、できるだけ台所と離れながら、

保　では、ただちに担当の方をお寄越しくださいますよう……えっ、それはちょっと、こちらといたしましては、あくまでも共同の企画だと……ですが、一刻も早い決着を見ないと、先方様のご厚意を……（台所を振り返り）確かに当社の社員にも、一部はみ出した者はおりますが、それを理由になさるのは……

真弓、麦茶を飲みながら出てくる。

保　あの、すぐにまたかけ直しますので、どうぞ、そのまま……えっ、それは了解いたしかねます。こんな土壇場になってからのキャンセルは……

真弓　（小声で）どたキャン？（と、心配そうにそばに寄る）

保　（真弓から離れ）それは、あまりにご勝手ではないでしょうか。共同開発とは言いながら、資金面におきましては、全面的に当社が負担しているわけですし……

真弓　ひどいわねぇ……（と、またそばに寄ってくる）

保　もしもし、もしもし……（と、切られた様子）

真弓　どこよ、相手？

保　（ビールを飲み）……

真弓　新製品の共同開発？　あれだ、さつまいもとリンゴのヨーグルトデザート？
保　非常に難航しましてね……（と、ヨソヨソしい）
真弓　だけど、どたキャンはないでしょう。あれだけいろいろ言っときながら……
保　それをあなた様に言われるのは……（と、書類を持ち、上に行こうとする）
真弓　昼間、拓から電話あったのよ。自然公園でコアラ抱いたんだって。牛の世話がうまいってほめられたとかで、もうカウボーイ気取りでさぁ……
保　そう……（と、階段へ）
真弓　ただ、大五郎ちゃんが、だんだんホームシックがひどくなって、お荷物になってるらしいんだ……
保　ほら、そんなこった。離婚家庭の情緒不安定な子を、いきなり大自然に放り出したって……
真弓　保ぅ……（と、驚いた目）
保　だって、お荷物になってんだろ、現実的に……
真弓　現実的にってよく言うね。保はこの頃よく……
保　理想論には辟易ですから……（と、また上へ行こうとする）
真弓　あ、冷蔵庫にタオル敷いてくれたの、保？
保　知らねえよ。
真弓　じゃ、お義兄さんだ……
保　水漏れ何とかしろよ、このビール、ビチャビチャだったぞ。

真弓　ボールで受けるようにしといたんだけど……

保　別んとこから水漏れしたんだ！　お前はね、ここが水漏れしてるから、その真下にボールを置いときゃ、そこに水がたまるでしょうって、そういう発想しかないんだよ。世の中、もっと複雑でね、思わぬとこから水漏れすんのよ。

真弓　当たらないでよ。冷蔵庫のことは正春さんに……

保　来ると思ってんの？　姉貴の怒り方すっげえぞ。取りつく島もないんだから……

玄関でドアの開く音。

幸介の声　ただいまぁ……

保　あ、兄貴ぃ……

幸介、入ってくる。

幸介　すいません、留守番のはずが、ガープがあんまり催促するんで……

真弓　いえ、冷蔵庫、ありがとうございました……

幸介　あのタオルでよかったでしょうか？　お雑巾の横に積み上げてあったので？

真弓　ええ、雑巾候補ですから。

幸介　すいません、棚を勝手に開けてしまって……
真弓　いいえ、助かりました。（と、台所の方へ）
幸介　（何となく追い）でも正春さん、早くしていただきたいですねぇ。
真弓　なかなかそれが、忙しいらしくて……（と、冷蔵庫の中を拭き始める）
幸介　当面は、小鉢なんかも動員して、危ないとこは徹底防御するしかないですね。後で調べてみますから。
真弓　いいです、私が……
保　兄貴ぃ……（早く来いと催促）
幸介　あ、お着替えがまだですね。僕が拭いときますから……
真弓　いえ、こんなのすぐですから……
幸介　でも、そろそろ金井塚さんが来る頃じゃ……
保　金井塚、来るの？（と、やや置いてけぼりにされた気分）
幸介　大五郎ちゃんの気持ちもわかります。月も大きく、星だって信じられないほどの数見えますから。ああいうの、感動するより、怖くなっちゃうオトナもいるぐらいで……
真弓　牛も怖いみたいなんです……
幸介　実物見たことないんじゃねぇ……
真弓　ええ……

保、幸介に無言のアピールをしようと、あえて台所の前に行く。

幸介　（保をまったく気にとめず）それで、エステの取材はどうでした？

真弓　まあ何とかですけど……

保　エステの取材？

幸介　五軒もハシゴじゃ、お肌がボロボロになるんじゃないかって……

真弓　最後の方は時間切れで省略です。体験させろってねばったんだけど……

幸介　それじゃ、書きにくいですねぇ……

真弓　お金をもぎ取る仕組みばっかり見えちゃって、あんなのの提灯持ちで書くのかと思うと……

幸介　さりげなく暴露するって手もありますよ。

保　賢くやれよ。仕事なくすぞ……（と、幸介に手招きしながら階段へ）

庭でガープが吠える。

幸介　あ、あの吠え方は……

インターホンから来客の報せ。真弓、出てくるが、幸介の方が先にインターホンに回り、

幸介　はい……
金井塚の声　（ガープに）この犬はもう、金井塚様だぞ！
幸介　（ロックを解除）どうぞ、開きましたので……
金井塚の声　あ、すいません……

保、手で幸介をせかしながら二階に上がる。
玄関のドアが開く。幸介、当然のように真弓と並んで出迎える。

幸介　どうも、お待ちしておりました。
金井塚　あっ、どうも……（と、戸惑いながら入ってくる）
幸介　本当にホームシックの凄いのはね、まず食べられなくなりますから。口もきかなくなりますし。ツアーコンダクターをやっていたので多少はわかります。大五郎ちゃん、まだ大丈夫ですよ。
金井塚　（笑い）私もそんなに深刻ってんでも……
幸介　そうですよ、元気を出して。じゃ、どうぞごゆっくり……（と、二階へ）
金井塚　（真弓をジロリと見て）オタクは犬も居候も、まったくしつけがなってないよ！

と、ズカズカ中に入り込み、ソファにうつぶせに飛び込む。

金井塚　ハァ〜っ、死ぬぅ！
真弓　拓の電話にアレが出ちゃったのよ。もう最近はウチん中のことを細々と……
金井塚　拓ちゃん、大丈夫だった？
真弓　うん、パパじゃない男の人がいるんだねだって……
金井塚　疑ってるぞぉ、今頃、南十字星のもとで……
真弓　ちゃんと説明したわよ。
金井塚　電話代気にしながらじゃ、説明不足だぞぉ……
真弓　三十分も喋ったのよ。拓のカード、残りがヤバイかも……
金井塚　大五郎なんて、とっくにカード使いきったもんね。今日は四回かけてきた。後でどれだけの請求書が回ってくることか……
真弓　もう大丈夫よ。拓がつきっきりでかけさせないようにするって……
金井塚　ああ、またあの声が聞こえてくる。最後の電話なんて、帰りた〜い、迎えに来て〜って、わぁわぁビービー……
真弓　本当に深刻なら、マリコ先生が連れて帰ってくれるはずよ。そんな話、出てないでしょ？
金井塚　ファームステイは今後の売り物にしたいとこでしょ。挫折の前例は作りたくないんじゃないかな……
真弓　マリコ先生は商売抜きよ。ちゃんと判断してくれるって。
金井塚　私もそう信じたい……

真弓　あと十日もあるんだから、持ち直して楽しむ可能性だってあるし……
金井塚　持ち直さなかったら地獄だよ。合宿行かせた方がよかったかなぁ……
真弓　それを言うなよ。大五郎ちゃんが選んだんだから。
金井塚　だから、いっそう情けないんだよ……
真弓　……ま、一杯やるか。（と、冷蔵庫の方へ）
金井塚　やっぱり離婚が響いてんのかねぇ。乗り切ったと思ってたけど、ずーっと心にためこんでたもの、今吐き出してんのかなぁ……

真弓、缶ビールを二つ持ってくる。

真弓　まあ、様子を見ようじゃない。私からもマリコ先生に聞いてみる。（と、一つを金井塚に差し出す）
金井塚　いい。ごめん……
真弓　麦茶にする？
金井塚　いい……
真弓　元気出せよぉ……（と、開けて飲む）
金井塚　……野球部の母たちさぁ、ウチの店に来なくなった。大貫だとか、役員はもともと来ないけど、お世話係はよく来たじゃない。自然派指向の人、多かったし……
真弓　あなたのいないとき来てるのかもよ。あなた外回りの方が多いじゃない。

金井塚　花井と久美ちゃんはずっといるよ。聞いてみたけど、来てないって。平泉と副島なんか、毎日だったのに、あれっきりのお見限りで……

真弓　そう……

金井塚　……あと一週間だね……

真弓　え？

金井塚　合宿。

真弓　ああ……

金井塚　私ね……おやつだとか、コーチの宴会用のおつまみだとか、ウチの店から差し入れますって約束してたんだ。

真弓　……！

金井塚　やっぱり抜けるの悪いって気があって、平泉にそう言ったの。大貫に伝えといてって……

真弓　あなたっ、それ持ち出しで？

金井塚　怒るなよぉ……

真弓　怒るよ。何でそんなおべんちゃらする。

金井塚　だけど、来ないから、持ち出さないですみそうよ。

真弓　金井塚ぁ、狼が泣くぞ……

金井塚　狼は道を過たずにすんだけど……大五郎は、どうなるんだろ……

真弓　大五郎はもうちょっと様子を……

金井塚　帰ってからよ。やっとファーストでレギュラーになれたのに……
真弓　それは変わらないわよ。合宿に参加しなくったって……
金井塚　前みたいにやれるかな。オーストラリアでの自信喪失に、親絡みのイジメが加わっちゃったら……
真弓　イジメ……？
金井塚　……
真弓　何でぇ……
金井塚　もうはっきりしてるじゃない。われわれに批判が出てんのは……洗濯するのがヤなんだろ、氷持って走り回るのがヤなんだろ、買い物も、食事の世話も、コーチの酒の相手もヤなんだろ、だから子供にかこつけて逃げたんだろ……
真弓　いつまでもグジグシと、状況証拠ばっかりで……（と、電話の方に向かう）
金井塚　どこかけんのよ？
真弓　平泉に聞いてみるわよ。そんな批判が出てるかどうか……（と、アドレス帳をめくる）
金井塚　やめてよ！　（と、アドレス帳を奪おうとする）
真弓　（渡さず）いいじゃない、はっきりさせよう。
金井塚　駄目よぉ、表沙汰はまずいって。（と、渾身の力で奪い取る）
真弓　そんなに力持ちのくせして、弱々しいこと言うんじゃないわよ。（と、また奪おうとする）
金井塚　頼むよ、戦いの火蓋は切らないでくれ。（アドレス帳を抱きしめる）

が、真弓は再び電話に向かう。

金井塚　どこかけんの！

真弓　平泉。短縮ダイヤルしてあったんだ。(と、受話器を取って、ボタンを押す)

金井塚　やめろっ……(と、受話器を奪おうとする)

真弓　痛い痛い、壊すな、人んちの電話を！　(と、ようやく受話器を耳に当てるが)　あれ……？

金井塚　(嬉しそうに)　お話し中だ。赤いのがついてる。

真弓　上で誰かかけてんだわ。(と、受話器を置く)

金井塚　長電話してくれよぉ……

真弓　あなた、けっこう元気じゃない……

金井塚　元気ではない。それはわかってよ。ふざけに来てんじゃないんだから……

真弓　とにかく、聞くだけは聞いてみようよ。

金井塚　聞いたら、正直に言うと思う？　そうです。怒ってます。仲間外れにして、子供もいじめてやろうと思ってますって……

真弓　それが正直となぜ決めつける？

金井塚　じゃ、何が正直よ？

真弓　それをこれから聞くんでしょ！

金井塚　ＯＫ私が答えよう。平泉は必ずこのように言う。え〜っ、批判なんて出てないわよぉ。だって自由参加なんだしぃ。そりゃ、こっちは仕事が増えましたけどぉ、そんなのとやかく言う筋合いじゃないしぃ。お店に行かないのは、暑いとこ歩くのがキツイからでぇ、差し入れしてもらうのも悪いしぃ……

真弓　前提が狂えばどこまでも狂うよ。

金井塚　もうっ、ＰＴＡで何を学んだのよ。

真弓　あなたこそ何を学んだのよ！

金井塚　真弓……

真弓　え……

金井塚　本音で話してくれないかな。建前はいいから……

真弓　私、本音よ……

金井塚　嘘……

真弓　ホント！

金井塚　子供のこと考えようよ。拓ちゃんと大五郎のことさ……

真弓　……

金井塚　いじめられるよ。

真弓　……

金井塚　コーチって、根性主義のオヤジじゃない、合宿に来た子と来ない子はきっと扱い変わるよね。

野球部の子たちだって、親から陰口聞くだろうし、オーストラリアに三週間も行ったなんて、嫉ましいしさ……

真弓　いじめが起きたら、私とあなたで乗り込んでって……

金井塚　起きたらでしょ、起きる前には防げないんでしょ。起きてから、わかるまでにどれだけかかると思ってんの。言わない子だって多いんだよ。ウチのはたぶん腹にため込む……

真弓　じゃあ、二人で注意しようよ。変だったら、野球部やめさせたっていいし、野球なんて、他でもできるんだから……

金井塚　野球部やめたって、学校生活は続くのよ。

真弓　いざとなったら、転校という手もあるよ。

金井塚　本音で話してよ、頼むから……

真弓　あなたの本音、おかしいよ。

金井塚　私、おかしなこと言った？　この世にないこと、何か言った？

真弓　金井塚、ナーバスになり過ぎてない？　大五郎ちゃんより、金井塚の方が……

金井塚　イジメ自殺……

真弓　馬鹿！

間。

金井塚　ねえ、手伝いに行かない？
真弓　手伝い？
金井塚　合宿……
真弓　菅平まで？
金井塚　ちょっとだけ手伝おうよ。全面的に行かなくたって、一日でもいいからさ、拓ちゃんの帰りには間に合うんだから……
真弓　私は行かない。
金井塚　……
真弓　でも、金井塚が行きたかったら止めないよ。
金井塚　突っ放さないでよぉ……

保、足早に階段を下りてくる。チラリと真弓たちを見るが、そのまま台所に入ると、冷蔵庫を開ける。

真弓　止めないよ。好きなようにやんなよ。
金井塚　……わかんなくなっちゃった。何にも自分で決められなくなった……
保　おい、納豆のラップに水溜まってんぞ！
真弓　ちょっと、今、大事な話してんだから……

保　かぼちゃもビチャビチャ、ひじきもグショグショ、シシャモが泳いでんぞぉ！
幸介　（下りてきながら）保、よせよ、俺やるから……
保　勝手に触んな、居候が！

と、マヨネーズを投げ飛ばす。
真弓、驚いて保を見ている。
金井塚、すっと立ち上がると、マヨネーズを拾って幸介に渡し、玄関の方へ。

真弓　（追い）金井塚！

玄関のドアの開く音。ガープが吠える。

真弓の声　金井塚ぁ！　コラッ、ガープ！
幸介　（気になって玄関の方へ）……
保　（缶ビールを飲みながら来て）叔父さんがここまで譲ってくれたのに、俺の立場どうなんのよ！　出てけよ！　上野に戻れ！　一生ルンペンやってろよ！　（と、二階へ）

玄関から戻った真弓、茫然と保を見送る。

真弓　叔父さんって、昨日のこと？
幸介　また話が来たんです。僕の留守中に電話があったそうで……
真弓　え、私にはそんなこと……
幸介　もういいんです。今、上で叔父にかけ直しまして……
真弓　断ったんですか……
幸介　ええ……
真弓　叔母さんに義理立てはいらないと思いますよ。叔母さんは、まだ……

保、二階から下りてくると、二人を睨みつける。

保　その男、女癖悪いぞ……

保、出ていく。玄関のドアの音。

幸介　……お詫びの言いようもありませんで……
真弓　仕事のどたキャンもあったんですよ……

真弓、幸介から離れて座る。

幸介 （だいぶ減っているマヨネーズを見て）マヨネーズ、補充しないといけませんね。明日、買っておきます。

真弓 何でそれを投げたかわかります？

幸介 は？

真弓 保の会社のじゃないからです。添加物が気になって、つい金井塚のを買ってしまうから……

幸介 ああ……

真弓 シチューの素も投げるかもしれないから注意してください。カレーもです。お醤油もソースもケチャップも……

幸介 はい、ただあの……

真弓 私だって苦労してたんです。保のとこのをまず買って、中身を金井塚に入れ替えたりとか、正論ばっかり通してたんじゃないんだから……

幸介 わかります。

真弓 最近は、そんな余裕もなくなって、保も黙ってたんで、いいかなと思ったら……

幸介 こういう状況になりますとね……

真弓 だから注意してください。

幸介 ですが、今出て行けと言われたので……

真弓　……
幸介　そうか、じゃ明日のマヨネーズだって……
真弓　ここはね、保だけの名義になってんじゃないんですよ。私だって資金出してんですから。あの頃はアトラスから定期的に仕事入ったし……

給湯器のリモコンから短いメロディーが流れる。

真弓　あれ？
幸介　タイマーしておきましたんで、どうぞ、お風呂を……
真弓　八月はシャワーだけにしましょう。ガス代と水道代が……
幸介　はい、明日からは、ただ、明日僕はいるのかと……
真弓　（ビールを飲み）……
幸介　でも、こういう曲を好むお母さんって、どんな方なんでしょうね。お風呂が沸くたびに思うんです。あなたのお母さんって、きっとモダンな……
真弓　好みは西洋音楽。生き方は浪花節です。
幸介　ほう……
真弓　母は遅れちゃなるまいって、あちこちの市民講座なんかに通って、よく勉強するんです。でも、それが実生活に活かされるかっていうと、結局、長いものには巻かれろになっちゃって。ならぬ堪忍するが堪忍になっちゃって……

幸介　そういう世代なんですよ……

真弓　何のためのお勉強ですか。私はね、お風呂が沸くたび思いますよ。あんなふうにはならないぞって。

幸介　応援しております。陰ながら……

真弓　（ビールを飲み）……

幸介　お風呂は後にいたしますか？

真弓　仕事がありますんで、どうぞお先に。

幸介　でも、水漏れの後始末が……

真弓　私がやります。どうぞお先に。（と、マヨネーズを奪いとる）

幸介　じゃ、お風呂は消しときます。私も軽くシャワーで……（と、行きかけるが振り返り）あの、金井塚さんにぜひお電話を。だいぶ煮詰まっていらしたようで……

真弓　わかってます！

幸介　あ、よけいなことを。では……（と、浴室へ）

真弓、残りのビールを一気に飲むと、バッグを持ち、二階へ行こうとする。インターホンから来客の報せ。

真弓　（インターホンに）はい？

正春の声　小沢です。すいません、いきなり……

真弓　正春さん！　よかったぁ……

正春の声　いいですか？

真弓　もちろんよぉ。どうぞ。（とロックを解除、玄関の方へ）

玄関の開く音。

真弓　ごめんなさい。こんな時間外に……

正春　こっちこそお待たせしちゃって、やっと今あいたもんだから……（と、修理道具を持って入ってくる）

真弓　まだお仕事してたの？

正春　持ち込みの分をね。ちょっと前だったら捨てたようなヤツでも、今は直せってねばられるから。いいことなんですけどね。

真弓　よかったぁ、私、お義姉さん怒らしちゃったから……

正春　気にしないでください。あれはいつもああですよ。

と、冷蔵庫の方に行こうとする。

真弓　まあお茶でも飲んでよ。（と、ソファに座らせる）ご飯、まだなんじゃないの？
正春　帰って食わないと怒られますから。
真弓　敵のご飯食べたんじゃね。
正春　真弓さんにコンプレックスなんですよ。百合子も何かやりたいらしいんだけど……
真弓　私なんかやってるったって……
正春　あゆみからもね、遅れたオバサンだってもう相手にされませんから。あせってんでしょう。急に英語の本なんか買いこんで、ニュージーランドに行くなんて言い出して……（と笑う）
真弓　ニュージーランド？
正春　オーストラリアは絶対イヤだそうで。
真弓　なるほどねぇ……
正春　この頃、前のダンナから、あゆみによく電話があるんですよ。大きくなったら、急に食事なんかに誘うようになって……
真弓　森本さんだっけ？　お義母さんのお葬式で初めて見た。
正春　だいぶ出世したらしくて、それも……（と、笑う）
真弓　でもさ、モーレツ社員ぶりについていけなくなって別れたんでしょ？
正春　こうなってみるとどうですか。こっちはずっと修理部門で足踏みですから……
真弓　もったいない。正春さんみたいな人、なかなか見つからないわよ。

正春　さて、どんな具合かな……（と、立ち上がる）

二人、冷蔵庫の方へ行きながら、

真弓　冷えるんですけど、シシャモが泳ぐような状態で……
正春　ハハハ……（と、台所に入り、冷蔵庫を開ける）ああ、これは……
真弓　どうなんでしょ……（と、横から見ている）
正春　霜取りの水のオーバーフローですねぇ……

電話が鳴る。真弓、電話の方へ。

真弓　（受話器を取り）はい。あ、金井塚、今ちょっとねぇ……
正春　いいですよ、こっちは……
真弓　ビチャビチャでしょう？（金井塚に）すぐかけ直すから、もしもし？（切れている）
正春　いいですよ、電話してて……
真弓　ごめんなさい。じゃ、ちょっと上で……

と、二階へ駆け上がる。

入れ替わりに幸介、タオルで髪を拭きながら、浴室から出てくる。二階に上がろうとして、ふと台所を振り返り、正春に気づく。

幸介 正春さん……ですか?

正春 (顔を出し)あ、じゃ、幸介さん……

と、手を拭き拭き、急いで出てくるが、だんだん歩みが遅くなり、立ち止まる。幸介の方は、すでに立ち止まっている。以下、二人はそれぞれのタオルで、視線を微妙に遮りながら会話する。

幸介 ……幸介です。どうも……

正春 どうも……

幸介 姉が年下の方と再婚したと聞いて、本当に喜んでおりました。あゆみにもよくしてくださっているそうで……

正春 たいしたこともできませんで……

幸介 ま、あんな姉ですが、どうぞよろしく。あ、このたびはまた冷蔵庫でお世話をかけまして……

正春 仕事ですから……

幸介 じゃ……

正春 じゃ……

幸介、階段を上がりかける。

正春 あのう……

幸介 え？

正春 （近づいて、顔をはっきりと見せ）初めまして……

幸介 （同じように顔を見せ）ああ、初めまして……

幸介、階段を上がっていく。正春、立ち尽くしている。

5

翌日の夕方。ソファの真ん中に、昭三。囲んで、保と百合子。
幸介は三人に背を向け、カウンターの椅子に座っている。
しばらくの沈黙。昭三、渋い顔でコーヒーをすする。百合子のため息。
台所で冷蔵庫の修理をしていた正春、そっと顔を覗かせる。
百合子に声をかけようとして、ためらっているのに、ようやく幸介が気づき、

幸介 何か？
正春 いえ……（と、戻ろうとする）
百合子 （振り向いて）何？
正春 ちょっと……（と、呼ぶ）
百合子 何よぉ……（と、動かない）

幸介、正春が指を押さえているのに気づき、

幸介 指、怪我ですか？
正春 ちょっと切っただけで……

百合子　気をつけてよぉ……
保　（半ばうるさそうではあるが）貼るモン、洗面所の棚に……
幸介　取ってきましょう。（と、立ち上がる）
正春　いえ、自分で……（と、行こうとする）
幸介　鏡の右のとこ、パカッと開けるとわかりますから。
正春　はい……（と、浴室の方に曲がる）
昭三　くわしくなったもんだ……
百合子　そうよ、いつまでいるつもり？
保　兄貴ぃ、意地ばっかり張ってないでさぁ……
幸介　……
百合子　これだけ返事がないってことは、お父ちゃんが渋ってんのに決まってる。
幸介　おとといだよ、叔母さんが来たの。
百合子　決まるならすぐ決まるわよ。稟議書回してるわけじゃあるまいし。
保　だいたい叔母さんのは、叔父さんに対抗しようってだけなんだから。
百合子　いわれなき恨みよねぇ……
昭三　あれだから駄目なんだよ、チクオンキは。恨みを基本に物事決めてっちゃ……

正春、戻ってくる。

正春　（保に向かって）すいません、ガラスの置物を割ってしまって……

保　ガラス？

正春　兎です。鏡を開けた勢いで、隣に飾ってあったのを……

百合子　何やってんのよ……（と、立ち上がる）

正春　いい、自分でやるから。（保に）すいません、うっかりして……

保　いえ……

幸介、立ち上がり、階段の方へ。

正春　（幸介に）自分でやりますんで……

幸介　箒と塵取りの小さいのを……

と、階段横の壁を開ける。中は物入れになっている。

幸介　破片はこの袋の方に……（と、小袋も一緒に渡す）

正春　すいません……（と、受け取り、浴室の方へ）

百合子　細かいの、雑巾で拭きとらなきゃ駄目よ。

正春　うん……（と、浴室の方へ曲がる）
百合子　きのうの晩からちょっとおかしいのよ……
昭三　疲れてんだよ。修理部門は追い風で。

幸介、元の席に戻る。

保　（幸介に）会うだけなんだから、会ってみろよ。
百合子　そうよ、会うだけなんだから……
幸介　あの履歴書の人物として会うんだろ。
昭三　あれは破いちまったんだから、見せてるわけじゃないし……
百合子　でも叔父さん、食肉問屋の若旦那さんが、これだけ熱心に言ってくださるのは……
昭三　ま、そりゃあ……
保　やはり、履歴書のようなことをお話しに？
昭三　募集は三十五歳までなんだ。それをとっぱらうには、多少の人物にしておかないと……
保　ええ、ご厚意からだってことはもう充分……
百合子　どの程度におっしゃったんです？
昭三　そうねぇ……
保　叔父さん、ここは、ざっくばらんに……

幸介、笑い出す。百合子と保、ほぼ同時に、

百合子　幸介！

保　兄貴！

幸介　わかってんじゃない、そんなこと。履歴書の通りでしょ？

昭三　……

幸介　山一証券の営業支店で部長職までいったのに、バブリーな経営方針に疑問を感じて退社。世界各地を放浪の旅に出る。やがてオーストラリアのウィルソン牧場に落ち着き、牧畜の修業の傍ら、食肉についての研究論文を発表……

昭三　ハハハ、詐欺師に見抜かれちゃったか……

幸介　叔父さんにはかないませんよ。

昭三　ハハハ、詐欺師に賞められてる……

百合子　やだぁ、叔父さん、やだぁ……（と笑う）

保も笑う。

箒と塵取りと小袋を持った正春、片足を引きずりながら戻ってくる。

幸介　足、どうしました？

正春　いえ、大丈夫です。（と、片足をやや浮かせながら台所の方へ）

百合子　ガラス踏んじゃったのぉ！

正春　絆創膏したから……

幸介　消毒した方がいいですよ、今、救急箱を……（と、また壁の収納庫の方へ）

正春　大丈夫です、すいません……

百合子　スリッパどうしたのよ？

正春、今気づいたかのように靴下だけの足元を見るが、答えずに台所に入る。
幸介、救急箱を持って、追おうとする。

百合子　いいって言ってるでしょ。

幸介　でも、足引きずってるから……

保　うるさそうだよ、兄貴が世話焼くと……

幸介　そうか……（と、救急箱を元に戻す）

百合子　幸介、急にいい人になっちゃって……

昭三　ま、いい人ついでに、若旦那の方も……

幸介　バレますよ、あんな嘘……

昭三　山一にいたかどうかなんて、もはや確かめようがないだろう？　世界各地の放浪は、ツアーコンダクターの経験を二、三語りゃあいいんでね。ウィルソン牧場については、拓君に電話して……
保　食肉についての研究論文ての は？
昭三　どっかの論文引っぱってくりゃいいんだよ。
幸介　すごいなぁ、このモラルの崩壊は……
昭三　ハハハ、詐欺師に叱られちゃった……
百合子　幸介、叔父さん、笑ってるけど、心ん中じゃ泣いてるよ。
昭三　いやいや百合ちゃん、いいのいいの……
百合子　だって、ここまでの気持ちがわからないのかって……
保　（昭三に）若旦那に代替わりで、自由にやれそうなんですよね？
昭三　チャンスだからね、惜しいだけなの。伸びそうなとこだからねぇ。

正春、床を見回しながら出てくる。

幸介　落とし物？
昭三　何だい、忙しいね。
正春　（百合子に）俺、スリッパはいたっけ？
百合子　知らないわよ。あなたの方が先に来てんだから。

幸介　玄関で出しはしたはずですが……
正春　はぁ……（と、浴室の方へ）
百合子　（正春に）ちょっと休んだら？

正春、答えずに浴室の方へ曲がる。

幸介　足、痛そうだなぁ……
百合子　いいわよ。自分で何とかするでしょ……
昭三　幸介君、どうだろうねぇ、会うだけ……
保　会うだけだよ、兄貴……

正春、戻ってくる。スリッパははいていない。

幸介　ありませんか。
正春　最初っから、はかなかったのかもしれません。
幸介　じゃ、持ってきます。
正春　いえ、自分で……（と、玄関の方へ）
保　兄貴、叔母さんに義理立てなんかいいからさ……

百合子　将来を考えて。こんな話、滅多にないよ。
幸介　証券会社のこと、勉強しなきゃなんないし、食肉だって、勉強しなきゃなんないし、英語だって……

正春、スリッパをはいて、台所の方へ戻る。

昭三　大ざっぱでいいんだよ。
百合子　受験、ヤマかけんのうまかったじゃない。
保　慶応突破の実力を……
幸介　（迷っているかのようなため息）……
保　決断決断、チャンスは二度と……

玄関のドアの開く音。皆に緊張が走る。

保　あれ、こんな時間に帰るはずじゃ……
百合子　こうなったら堂々とよ……

真弓、すでに靴の数を見た顔で入ってくる。

保　よお……

真弓　いらっしゃいませ。

百合子、昭三、黙礼。

保　飲み会じゃなかったの？

真弓　予定変更になっちゃって。映画でも見てくればよかったかな。

幸介　あの、こちらも急にこんなことで。集まるって決まってたわけじゃないんです。

真弓　いいですよ、私は別に……（と、台所の方へ）正春さん……

正春　（台所から笑顔で）あ、早かったですね。

真弓　大変ねえ、まだやってたの。

正春　パイプの氷は解けたんですけど、どうもファンが空回りして……

真弓　少し休んでよ。私が出かける前からなんだから。

正春　すぐですよ。ファン、付け替えたら終わりです。

真弓　すいませんねえ……（と、階段の方へ）

電話が鳴る。ちょうどそばに来た真弓が出る。

真弓　はい……あ、先日はどうも。はい、今代わります。お義兄さん、叔母さんから。

幸介、電話の方へ。

昭三、保、百合子は顔を見合わせる。

幸介　（真弓から受話器を受け取り）もしもし……はい……うわぁ……そんな、もうこっちは喜んで。じゃ、明日にでもご挨拶に。叔父さんにもよろしくお伝えください。……あの、叔母さん、今来客中なんで、また改めて……はい、じゃ、ありがとうございました。（切る）

百合子　引き受けたの！

幸介　うん……

保　兄貴ぃ……

昭三、カッとなった勢いで立ち上がり、よろけてまた座る。

保と百合子、ほぼ同時に、

保　あっ……

百合子　ああっ……

正春も台所から覗く。
昭三、そのまま息を整えている。

幸介　すいません。やっぱりヤマかけるのはきついので……

百合子　幸介、本当は誰に義理立てしてるわけ？

幸介　別に誰にも義理立てなんか……

百合子　今、揺らいでたくせに、誰かさんが帰ってきたとたん……

正春　百合子……

百合子　あなたは水漏れやっててよ！

幸介　姉さん、本当にすまないけど……

昭三、ソファから下り、いきなり床に土下座する。

昭三　幸介君、この通りだ……

保　叔父さん……

昭三　東屋畜産はダンボールじゃ大口のお得意さんで、どうにも断りきれんのだよ。しかも、こちらからお願いした手前……

百合子　叔父さん、手なんかつかないで……（と、走り寄り、立ち上がらせようとする）

昭三　（かまわず）頼む。せめて会うだけでも……

百合子　（昭三のそばに膝をつき）いやだぁ……（と、泣く）

保　叔父さん、どうか、立って……（と、手を貸すが）

昭三　幸介君によかれと思って、勝手にしたことではあるが……

保　（やはり膝をつき）兄貴ぃ、叔父さんがこれだけ頭下げてんだよ……

百合子　（やはり土下座）幸介、お願いよ、考え直して……

保　叔父さんの立場も考えてくださいっ。（と、土下座）

幸介　（つい真弓を見る）……

真弓、あきれて見ていたが、幸介の視線を感じると、あえて横を向く。

幸介　叔父さん……

昭三　幸介君、ここはひとつ……

台所に戻ろうとした正春、つい痛いほうの足に重心をかけ、

正春　ぐわぁっ、テテテテ……（と、片足立ちになって、さする）

幸介、それをきっかけに、いきなり土下座する。

幸介　誠に、誠に申し訳ございませんが、このたびのお話は……

百合子　幸介っ……

保　（百合子とほぼ同時に）兄貴っ……

幸介　正直に働きたいんです。今度こそ、嘘のないところで……

昭三　お前が逮捕されなかったのは、誰のお陰だと思ってるんだ！　俺が兄さんを説得しなかったら

……（と、立ち上がった瞬間にまたよろけ、ソファの背につかまる）

保　あっ……

百合子　（保と同時に）ああっ……

と、保、百合子も立ち上がり、昭三の身体を支える。

昭三　酒屋の店員にしてもらえ！　こっちは二度と、金輪際……

昭三、二人の支えを振り切って出ていく。

保、百合子、同時に追い、

保　叔父さん！

百合子　叔父さぁん！

と、玄関へ。沈黙する幸介と真弓に、二人の声が重なって聞こえる。

百合子の声　叔父さん、まだキャンセルしないでください。

保の声　兄貴には、よく言い聞かせますから……

昭三の声　言っても無駄だ。義理も人情も地に堕ちた！

荒々しくドアの閉まる音。

保、百合子、戻ってくる。

正春、足を引きずって台所へ。

正春　（視線はおとしたまま）どうも、すいま……

百合子　どうしよう、これで叔父さんとはもう……

保　ダンボールも不況だからなぁ。立場にも影響するぞきっと……

百合子　あゆみの就職のとき、相談に乗ってもらおうと思ってたのに……

保　兄貴のなんか頼むんじゃなかったな……

百合子　叔父さん、かわいそう……（と、また涙ぐむ）

　　真弓、二人の前を横切って階段の方へ。
　　百合子、真弓に挑戦的な視線を送ると、

百合子　正春さん、帰るから送ってよ。

正春　（台所から顔を出し）え、車で来たんじゃないの？

百合子　あゆみが乗ってっちゃったのよ。

保　（カウンターの抽斗に車の鍵を取りにいき）俺、送るよ。仕事抜けて帰って来たのに、こんなウチにいたかないわ。

　　と、階段の途中で止まっている真弓を一瞥、出ていく。

百合子　正春さん、帰り何時？

正春　これ終わって、サービスセンターに戻るから……

百合子　ご飯、いいわね。
正春　うん……

百合子、出ていく。

正春　百合子には、ウチに帰ってから、よく……
幸介　姉さんをこれ以上刺激するのは、あ、かえってご心配かけて……
正春　いえ……（すまなそうに会釈して、台所へ戻ろうとする）
真弓　正春さん、休憩したら。
正春　後少しなんで……（と、台所に入る）

真弓、カウンターに座っている幸介に、

真弓　おめでとう。決まりましたね。
幸介　また保を怒らせてしまって……
真弓　いいじゃないですか。念願の再就職ですよ。ま、ひとつ、暗い顔をしないで。
幸介　（笑う）
真弓　元気に働けそうですか？

幸介　やりますよ。近くに小さな部屋を借り、朝出かけて行って、夜帰る。帰りにはお風呂屋さんに寄るでしょうね。ついでにコロッケなんか買ってきて、ご飯はもう炊いておく。
真弓　楽しそうね……
幸介　窓辺には鉢植えなんかも置いちゃってね。
真弓　じゃあ、そこのを一つプレゼントするわ。（と、階段を下りてくる）お好きなのを選んでください。
幸介　いいんですか？

と、ガラス戸に寄り、鉢植えやプランターの花々を見る。

真弓　私だって門出を祝いたいですから……
幸介　どれがいいかなぁ……
真弓　お部屋が持てるのはいつ頃かな？　その頃綺麗に咲くのがいいでしょう？
幸介　すぐに借りますよ。叔母さんに二、三か月分前借りして……
真弓　叔母さん、きっと渋るわよ。私がヘソクリ貸してあげます。
幸介　いいです。
真弓　貸しますから。
幸介　いいです。もうたくさん使わせてるのに……

真弓　貸すんですから。余裕ができたら、返してもらうんですから。
幸介　じゃあ……ありがたく……
真弓　カーテンはどうしましょうか？
幸介　カーテン……
真弓　食器もいるわね、布団もいります、テーブルも……
幸介　そこらへんは追い追いで……
真弓　私、燃えちゃうんですよ、こういうこと……
幸介　でも、あなたのご趣味は厳しそうで、僕がその後、守れるかどうか……
真弓　あなたの趣味に従いますよ……
幸介　一緒に選んでくれるんですか？
真弓　どの花がいいかなぁ……（と、また外の花に目を移す）
幸介　クロッカスは春ですね。（と、ガラス戸を開け、外に出る）
真弓　ああ、お義母さんが好きだったのよね。（と、続く）
幸介　ええ、チューリップも……
真弓　どっちも今は時期じゃないなぁ……
幸介　真弓さんが、一番好きなのはどれですか？
真弓　私、そうねぇ……ミニバラかな。
幸介　ああ、あれねぇ。可愛らしく咲いてる……

真弓　あれなら一年中楽しめますよ。
幸介　じゃあ、ミニバラにしよう。あ、いいですか、一番大切な花を……
真弓　もちろんよ。私がプランター、作ってあげる。
幸介　いいだろうなぁ。あなたが部屋にいるみたいで……

間。

真弓、中に入り、二階へ行こうとする。

幸介　（追ってきて）飲み会、どうして中止になったんです？
真弓　編集長と喧嘩しちゃった……
幸介　喧嘩？
真弓　うまくやればよかったんだけど、何だか余裕がなくなって……
幸介　あれですか、エステの料金表示のことで？
真弓　やっぱり書くなって言うんです。本当は二万円の化粧品セット買わなきゃなんないのに、安心の低料金だけにしといてくれって。
幸介　何かこう、うまく書けないですかね。低料金は大きくしといて、カッコして、小さい字で、化粧品ワンセットお買い上げの方のみとか……
真弓　そう言ったんです。それでも駄目だって……

幸介　抜け道ってのは、あるもんなんですよ。よ〜くよ〜く探しますとね……

真弓　ずるいやり方、教えないでくださいよ。

幸介　フロアーからは、お客さまの喜びの声が聞こえた。わぁ、化粧品ワンセット買うと、一回千円でいいのねぇ……

真弓　ダサいっ！

幸介　え〜と、じゃあねぇ……（と、考える）

真弓　カウンターには、一回千円のチケットとともに……（と、先がつまる）

幸介　チケットとともに……？

真弓　え〜、チケットとともに、販売される化粧品が美しく並び……

幸介　超ダサっ！

真弓　そうかしら、あなたのよりはずっと……

幸介　いやいや、それよりはですねぇ……（と、また考える）

正春、冷蔵庫のパンフレットを持って出てくると、ガラス戸から外に出て、携帯電話をかけ始める。

幸介　どうしたんだろ？

真弓　中でかければいいのに……

正春、幸介たちに背を向け、電話しながらパンフレットにメモしている。

幸介　何か書いてますよ。修理の相談でしょうかねぇ……

真弓　正春さん、ベテランよ。後輩の指導は一気に引き受けてるんだから……

幸介　（そっとガラス戸に近づいて見る）パンフレットめくってる。冷蔵庫に関する電話ですよ。

真弓　ファンを替えるだけだって言ってたけど……

と、階段を下り、台所へ。
正春、蚊に刺されたらしく、電話を持ち替えて、腕を掻く。
幸介、じっと見ている。
正春、ふと振り返り、幸介に気づくと、パンフレットを落として後ずさる。
幸介、笑顔を作るが、正春は恐怖のつのった顔で、逃げるように奥に消える。
幸介、ガラス戸を開けて、パンフレットを拾う。
真弓、スリッパを持って戻ってくる。

真弓　ねえ、冷蔵庫の野菜室にスリッパが……

幸介　えっ……

真弓　正春さんは？

幸介　今、向こうに……（と、中に入る）
真弓　それ、冷蔵庫のパンフ？
幸介　今、正春さんが置いてって……
真弓　何で向こうに行ったんだろ？　（と、ガラス戸を開けて見る）
幸介　スリッパ、野菜入れに入ってたんですか？
真弓　来客用のよ。正春さんでしょう？
幸介　ああ、さっきなくしたって、これにはき替えて……（と、正春の脱いだスリッパを指差す）
真弓　わっ、蚊が入る。（と、ガラス戸を閉める）

幸介、パンフレットをめくり、正春のメモを読もうとしている。

真弓　何メモしてたの？
幸介　ぐちゃぐちゃで読めない……
真弓　変だなぁ、あの人……
幸介　……
真弓　本当は技術開発の方に行きたかったのよ。でも、ずっと修理部門で重宝されちゃって。何度か願いは出したらしいんだけど……

電話が鳴る。真弓、カウンターにある、コードレスの子機で出る。

真弓 はい。あ、金井塚？（と、つい幸介の方を見る）

幸介 （頷いて見せる）……

真弓 ううん、大丈夫。どう、お気持ちの方は……だから、それは金井塚の好きにしていいんだから……うん……うん……

真弓、だんだん移動して、ソファに座る。
幸介も何となくついてゆき、真弓のそばに立って見守る。

真弓 私は行かない。……駄目よ、一緒になんて……それは一人で行かなくちゃ。そんなこともできないなんて、金井塚らしくないぞ……（と、幸介を見る）

幸介 （同意の頷き）……

その間に戻って来た正春、ガラス戸の外から幸介を見ている。

真弓 冷たくなんてされないわよ。わざわざ手伝いに行くんだもん、みんなにだって、金井塚の気持ち、通じるよ……

正春、そっと入ってきて、台所の方へ向かう。
幸介、気づいて振り返る。
少しして、正春も振り返る。

真弓　泣くなよぉ……イヤなら行かなきゃいいじゃない。行くと決めたら、またそれがストレスになるんでしょう？　……もう、金井塚ぁ、言ってることがメチャメチャだよ……

真弓の後ろで息をつめ、対峙している幸介と正春。
正春、だんだん哀願するような顔になり、一、二歩、幸介の方に近づく。
幸介、正春に背を向ける。
正春、立ち止まり、まだ幸介を見ている。

真弓　何？　聞こえない。落ち着いて、はっきり言ってよ。……じゃ、行くわよ、私。違う違う、菅平じゃない。金井塚んとこに今から行くから。コラ、いつまで駄々を……（切られる）切っちゃった。凄いの、大五郎を越えてる。（と、幸介を見る）
幸介　（真弓をつつき）正春さんが……
真弓　（振り返り）あ、どこに行ってたの？

正春、答えず、カウンターの向こうに座っている。

幸介 僕、ガープの散歩に行ってきます。（と、玄関の方へ）

真弓 え……

真弓、ちょっと幸介を見送り、電話を戻しにカウンターへ。

真弓 腕、いっぱい蚊に刺されてるじゃない。ずっと庭にいたの？（と、カウンターの抽斗から薬を出し、正春の前に置く）はい、これ塗って。

正春 あの人……

真弓 え？

正春 何か、言いました……？

真弓 ……お義兄さんが？

正春 僕のこと……

真弓 ああ、喜んでたよ。お義姉さんにはもったいない人だって。今度はきっと続くだろうって……

正春 それだけ……？

真弓 さっきのことなら、気にしないでよ。お義姉さんをコントロールできる人なんていないいんだから……

正春　……

真弓　今日はもうやめたら？　過労だよ。早く疲れをとらないと……

正春　直します。ファンが回ればいいんです。ファンが回れば、パイプも凍らない。水漏れなんて、起きるはずがないんです……

と、言いながら、指をファンのように回し出す。

真弓、ただ見ている。

6

数日後の午後。保と百合子がソファに座っている。
真ん中の席はあけてあり、登紀子のバッグが置かれている。
台所から聞こえてくる幸介の鼻歌。
保と百合子、しらけた視線を交わす。
幸介、紅茶のセットを盆に乗せ、台所から出てくる。まだ鼻歌まじりの上機嫌で、それぞれの前に紅茶を置く。
二階から登紀子が下りてくる。

登紀子 いい部屋だよねえ。見晴らしもよくって。姉さん、あんなとこで暮らすこともできたのに……

百合子 叔母さん、よっぽど気に入ったのね。

登紀子 そりゃあだって、姉さんがさぁ……

幸介 真弓さんたち、まだ話してます？

登紀子 ああ、何だか、黙ってんだけどね。私が行ったから黙ったのかもしれない。

保 それで、兄貴はいつからそちらに？

幸介 明日からだって言ったろ？

保 （登紀子に）明日の何時から？

幸介　九時からだよ。開店前に、まず掃除をして……一番上の棚なんか、うっすら埃積もっててねぇ……

登紀子　（紅茶に砂糖を入れ、かき回しながら）

百合子　じゃ、明日の九時に幸介が行って、その埃を取るんですね？

幸介　そうだってば、しつこいなぁ……（と、登紀子の隣に腰かける）

登紀子　（ちょうど一口飲んだところで）これ、紅茶？

幸介　はい、ラプサンスッチャンと言いまして……

登紀子　おいし〜い……（と、かなりまずそう）

百合子　じゃあ、幸介は、明日っから前掛けをして……

幸介　そう、帽子をキュッと小粋にかぶって……

保　似合わなそうだなぁ……

皆、笑う。
金井塚が二階から下りてくる。皆にちょっと会釈すると、トイレの方に曲がる。

幸介　あの、僕ちょっと二階へ……

保・百合子　（ほぼ同時に）うん！

幸介　（やや驚いて）……

保　あんまり関わんない方がいいよ。

幸介　ああ……（と、階段を上がる）

百合子、すぐに立ち上がり、階段上が見張れる位置に立つ。

保　叔母さん、そろそろ切り出さないと……
百合子　三時には電話がかかってきちゃうのよ。
登紀子　私から言うのぉ……
百合子　こっちから言ったらおかしいじゃない。
登紀子　（バッグからカンニングペーパーを出し）え〜、順番が……（と、眼鏡も取り出して読む）
百合子　私たちの方がセリフ多いのよ。
登紀子　（セリフを目で追いながら）これさ、あんたたち、怒り過ぎだよ。
保　瞬間的な反応ですから……
登紀子　私、こんなに怒られるのぉ……
百合子　もうっ、壊れた蓄音機みたいに……
保　姉貴……！
登紀子　チクオンキ……
保　すいません……
登紀子　昭三がつけたんでしょ。姉さんならともかく、私までそんなふうに……

百合子　私がつけたの。母さんに似てるって愛をこめて。
登紀子　あのお金、本当は昭三から出てんじゃないの？
保　違いますよ。あれは僕たちからのせめてもの……
登紀子　本当ぉ……？
百合子　叔父さんはね、説得してくれって頼んだだけ。
登紀子　昭三なんてさ、幸介ちゃんのこと、あれは中村家の血じゃない、母方の血だって、どいだけ姉さんをいじめたか……
保　これからは、叔父さんも叔母さんに頭上がりませんよ。
百合子　それにさ、叔母さんだって本音は幸介じゃない方がいいんでしょう？
保　スナックなんかに配達に行って、ホステスとねんごろになったりするとなぁ。
百合子　もっといい人、見つけた方がいいって……

金井塚、戻ってくると、また会釈し、ガラス戸から外に出る。
その間に、保と百合子は立ち上がり、登紀子の背後で打ち合わせ。

登紀子　（金井塚を見て）あの人も辛そうだ……
保　叔母さん、じゃ途中から始めようか。もう叔母さんは言った後で、俺たちが驚いてるってとこから……

登紀子　え、どこに飛ぶの？
百合子　間違えないでよ、前半カットよ。（と、登紀子の紙を折り曲げる）
保　じゃ、叔母さん、あっち……
登紀子　え〜と……
百合子　そこそこ、カウンターの……（と、指差す）

登紀子、カウンターの向こうの椅子に腰かける。

保　後ろ向き。
登紀子　（後ろ向きに座る）
百合子　片肘ついてみて……
登紀子　（迷う）……
百合子　カウンターに。
登紀子　（カウンターに片肘をつけてみる）
保　首、やや下向きに……
登紀子　（首をやや下に向ける）
保　（登紀子の首を気に入る角度に直しながら）兄貴が戻ってきたら、姉貴が「えっ！」って叔母さんの方見て驚きますから、それきっかけに始めますよ。

百合子　叔母さん、わかった？
登紀子　「えっ」ね？
保　そう、「えっ」。

少し間。

登紀子　まだ？
百合子　まだ。
登紀子　「えっ」ね？
保　そう、「えっ」。

真弓が階段を下りてくる。

百合子　あっ……
真弓　えっ？
登紀子　（きっかけだと思い）そういうことなのよ。本当にごめんなさい。
真弓　（登紀子に）えっ？
登紀子　（声が小さかったかと思い）そういうことなのよ。本当にごめんなさい。

保、登紀子の前に回ってヤメの合図をするが、緊張している登紀子は顔を上げない。

真弓　そういうことって……?

登紀子　あ……(と、振り向き、カンニングペーパーを隠す)

百合子　昔話してたのよ。

保　(真弓に)金井塚、いいの……(と、外をあごでしゃくって見せる)

真弓　手のかかるヤツだなぁ……(と、ガラス戸に寄る)

幸介、空いたグラスを盆に乗せ、下りてくる。

百合子　(混乱し)あっ……

幸介　えっ?

登紀子　(あわてて)そういうことなのよ。本当にごめんなさい。

真弓　(笑い)叔母さん、さっきから何謝ってんのよ。

と、幸介のそばに寄り、グラスの盆を受け取る。

保　実はね……店員の件、どたキャンなんだ。支払いためてたスナックが夜逃げしちゃって、叔母さんとこも、先の余裕がなくなって……

幸介　叔母さん、それを言いに来たの？

登紀子　（後ろ向きのまま、保のセリフを読んでしまい）それは困るよ。急過ぎる。

幸介　は？

保　いや、俺が今そう言ったんだよ。

登紀子　（百合子のセリフを読んでしまい）そうよ、あんまりよ、叔母さん、あれ？（と間違いに気づく）

百合子　って、私も今言ったんだけど……

真弓　何で叔母さんが繰り返すの？

保　叔母さん、それはもうチャラだなぁ……

登紀子　え？

保　紙、チャラ、チャラ……

真弓　何よ？

保　髪の毛チャラチャラしてる場合じゃないでしょ、叔母さん。

登紀子　私の髪がチャラチャラだって？

保　いや、いや……

幸介　叔母さんがチャラチャラしてるとは思わないけど……

真弓　スナックの踏み倒しって、どれぐらい？（と、登紀子のそばに行き、カウンターに盆を置く）

百合子　五十万越えてんのよね？

登紀子、立ち上がり、二、三歩歩いて、後ろ姿のポーズを決める。

今度は自分のセリフだが、ほぼ棒読み状態で、

登紀子　吹けば飛ぶよな酒屋のこと、ウチにとっちゃあ、大きくってねぇ……

幸介　しばらくはただ働きでもいいですよ。

百合子　って、幸介、誰に負担がかかると思ってんの？

登紀子　（棒読みにだんだん情感が加わり）この先もどうなることやらと、明けては悩み、暮れては悩み、と、身も世もあらぬ風情、あっ……（と、ト書きまで読んだことに気づく）

電話が鳴る。真弓、カウンターの子機を取ろうとするが、保の方が先に取る。

保　はい……あっ、こないだはとんだことで……いますけど、ちょっとお待ちください。……兄貴、叔父さん。

幸介　叔父さん？

百合子　何の用？

保　わかんない……（と、受話器を幸介に渡す）

幸介　（やや抵抗感を示しながら）幸介です。……はい……それが、ちょうど今駄目になって……はい……それ、今すぐお返事しないといけませんか？　……ああ……わかりました。（ちょっと決意して）じゃ、会うだけ……いえ、こちらこそ、どうも……（と切る）

百合子　会うだけって？

保　食肉問屋？

幸介　うん……（と、受話器を戻す）

保　いいのかよ、あんなにイヤがってたのに……

百合子　保、こういうことになっちゃったんだから……

登紀子、階段を数段上がってまたポーズ。

登紀子　（やはり後ろ向きで）ああ、私が悪いんだ、何の因果か因縁か……

幸介　叔母さんのせいじゃないですよ。

保　しっかし叔父さんも金輪際なんて言っといて……

百合子　何でもアリの昭三よ。

保　しっかし、よくもこのタイミングで……

百合子　縁なのよ、若旦那との縁だって。

登紀子、すっかり調子を上げ、紙を放して、くるりと振り向く。

登紀子　縁は異なもの、味なもの。幸介ちゃんの行く末には、かえってそれがいいかもしれない。そうだ、そうに違いない。花も実もある幸介ちゃんに、あんな前掛け、似合いはしない……

保・百合子　（ほぼ同時に止めたくなり）叔母さんっ！

登紀子　明日は明日の風が吹く。私も笑って歩いてゆこう……

登紀子、幸介に向かって深く頷き、サッと玄関に走り去る。

百合子　（すぐさま登紀子のバッグを取り）叔母さん、バッグを！（と、追う）

保　ちょっとクサかったかもしんないけど、叔母さんもああ言ってくれたから……（と、カウンターの抽斗に車の鍵を取りに行き）送ってくるよ。

真弓、保に何か言おうと近づくが、

保　晩のモン、金井塚んとこで買ってくるから、真弓、原稿やってろよ。（と、出ていく）

真弓、幸介の方を見る。

幸介、二階へ上がろうとする。

真弓　おかしいと思わないの？

幸介　（立ち止まり）……

真弓　出来レースよこれ。絶対叔父さんからお金が出てる。

幸介　保をそこまで疑うんですか？

真弓　……

幸介、真弓の沈黙を背に階段を上がっていく。

真弓、少し見送ってから、ガラス戸の方を振り返る。

金井塚、大五郎の写真を見つめている。

百合子がそっと戻ってくる。

百合子　真弓ちゃん……

真弓　はい……（と、振り返る）

百合子　私、ごめんね、いろいろ言って……

真弓　……

百合子　前みたいに仲良くやりたいの。許してくれる？

真弓　許すだなんて……

金井塚、入ってくる。

百合子　今度、バーベキューパーティー……
真弓　え？
百合子　ううん……じゃ……

と、ソファのバッグを取り、言い足りない様子で去る。

真弓　……大五郎ちゃんの写真、見てたね。
金井塚　うん……
真弓　考え、まとまった？
金井塚　行く。
真弓　そう……
金井塚　真弓はやっぱり来ないよね？
真弓　ごめん……
金井塚　いいの。真弓の方が正しいよ。私、狼じゃなかった。羊だよ。子連れ羊……

真弓　私だって羊だよ。ただ、ちょっとソッポを向いてる羊かな……

金井塚　何か、そんな詩、あったね……

　二人、軽く笑う。

金井塚　じゃ、準備があるんで……

真弓　うん……

　出ていった金井塚、強い足取りで戻ってくる。

金井塚　まだ言ってなかったことがある……

真弓　え？

金井塚　……昨日の夜、大貫の家に行ったの。合宿のおやつとおつまみ、車に積んでね。初めてだもん、迷ってさぁ……

真弓　……

金井塚　聞いてよ！

真弓　聞いてる……

金井塚　一、二時間迷ったのかな？　どこ走ってんのかわかんなくなって、私、遭難したんだって思った。街の真ん中で遭難よ。助けて、私を見つけてって、独り言が出たもんね……

真弓　救助隊はここにいるのに……

金井塚　そう思ったよ。真弓がきっと探してくれてる。でも、私の前を通り過ぎて、きっと別んとこ探してるって……

真弓　……

金井塚　やっと大貫んとこに着いたらさ、ダンナが庭で縄飛びしてんの。ブルン、ブルンってお肉震わせて……暗闇からズシン、ズシンって地響きが伝わってきて……あれ、合宿に行くつもりだよ……

真弓　監督、いっつも来ないじゃない。

金井塚　今度は来る。市会議員落ちたもん……

階段の上に幸介の足が現れる。幸介、下りずに聞いている。

真弓　おやつ……喜んでくれた？

金井塚　渡せなかった。大貫が出てきたのよ。二人で私たちの悪口が始まって……

真弓　……！

金井塚　状況証拠じゃないよ。この耳で聞いた……

真弓　何だって？

金井塚　……

真弓　何て言ってたのよ？

金井塚　言いたくない……

真弓　あなた、ここまで言っといて？

金井塚　真弓、注意してよ。

真弓　……

金井塚　合宿に来なくてもいいから、注意して。拓ちゃんがいじめられてないか、毎日毎日注意してよ……

真弓　何て言ったのよ！

金井塚　怖い？　怖いでしょ？　あなただって怖いんでしょ？

真弓　……

金井塚　あなたのことを悪く言ってた。中村が悪い。金井塚は引きずられてるだけだ。中村をつぶさないと、全体の規律が乱れる……

真弓　……

金井塚　合宿は明日からよ……

真弓　……

金井塚　明日の午前八時四十分、東京発……

真弓　……

金井塚　東京発、あさま五〇七号、二十番線……
真弓　金井塚……
金井塚　午前八時四十分、東京発、あさま五〇七号、二十番線……
真弓　金井塚、やめてよ……
金井塚　中村が悪い、金井塚は引きずられているだけだ、中村が悪い、中村をつぶしてやる……

幸介、足早に下りてきて、金井塚の前に立つ。

金井塚　注意して、真弓、注意して……

金井塚、出ていく。
真弓、茫然とソファに腰を下ろす。
玄関のドアの開閉する音。ガープが激しく吠える。

幸介　影響されちゃ駄目ですよ。金井塚さんは、完全にバランスを……
真弓　あのままほっといていいんだろうか……
幸介　充分に面倒見ましたよ。お店のお友達もいるんだし……
真弓　(立ち上がり) ご飯作ろう。掃除しようかな。仕事だわ。原稿書かなきゃなんないんだ……

幸介　原稿、書いてください。落ち着いて、深呼吸して……

真弓、カウンターの向こうに回り、抽斗からノートパソコンと、取材ノートを取り出して座る。

幸介、カウンターにあったグラスの盆を台所に運ぶ。

真弓、すぐに集中を欠き、また立ち上がる。

真弓　（台所の幸介に）ねえ、嘘かもしれないよねぇ？

幸介　はい？（と、台拭き片手に戻って来て、テーブルの上の紅茶セットを盆に乗せる）

真弓　金井塚の言ったこと……

幸介　そうですねぇ、大げさなのか、嘘なのか……（と、テーブルを拭く）

真弓　行ってないわよ、大貫のとこなんか。今の全部、作り話よ。

幸介　どっちにしたって、バランス崩してんですから……（盆を持って、カウンターに移動、カウンターの上を拭く）

真弓　そういうふりして、脅迫したんじゃない？　私を何とか来させようってんで……

幸介　はい、キレイになりました。早くお仕事してください……（と、盆を持って台所へ）

真弓　お仕事なんかできないよぉ！

幸介の声　じゃ、ちょっと上で休んだら？

真弓　休むのもイヤ、お仕事もイヤ……

幸介　困りましたねぇ……（と、出てくる）
真弓　（すかさず）若旦那に会うのね？
幸介　……
真弓　ミニバラを飾った部屋で、嘘を背負って働き出すとは……
幸介　若旦那には本当のことを言うつもりです。
真弓　それじゃあ就職、決まりませんよ。
幸介　博打うちですから。一か八かの勝負に出ますよ。
真弓　絶対言えないから。昭三が横にいて、若旦那が前にいたら、絶対、絶対、言えないから。
幸介　言いますよ、絶対に。
真弓　絶対だね？
幸介　絶対です。
真弓　よ〜し、じゃあ私も合宿に行かない。
幸介　あ、行く気になってたんですか？
真弓　なってませんよ、なってませんけど……
幸介　今ので相当揺れましたね？
真弓　揺れてませんが、改めての宣言です。
幸介　行きませんね、絶対？
真弓　（頷き）あなたも絶対、言いますね？

幸介　（頷き）では、指切りゲンマン……（と、小指を差し出す）

真弓　（躊躇して）……

幸介　ぜひともここは、誓いの儀式を……（と、さらに小指を差し出す）

真弓、小指を幸介の小指に絡ませる。

真弓・幸介　指切りゲンマン、嘘ついたら針千本飲〜ます！

二人、笑う。真弓、指を引こうとするが、幸介は放さない。
インターホンから来客の報せ。
真弓、小指を引き抜き、飛んでいく。

真弓　はい？

正春の声　小沢です。

真弓　正春さん、今日、土曜日でしょう？

正春の声　いいんです。今日こそは直します。

真弓　あ、はい、じゃあ……（と、ロックを解除）

振り返ると、幸介がノートパソコンや取材ノートを持ってそばにいる。

幸介 上でお仕事してらっしゃい。正春さんは僕に任せて。

真弓 でも……

正春、私服に道具箱を抱え、せかせかと入ってくる。

正春 ファンが回ればいいんです。空回りが続くのは、軸への固定が弱いからで、接着剤に問題があったんです。

と、真弓と幸介に目もくれず、一直線に台所へ。

真弓 正春さん……

幸介 いいから、早く原稿を。料金表示のところで時間食うに決まってんですから。

真弓 じゃ、頼みます。（と、仕事道具を受け取り、二階へ）

幸介、台所の様子をちょっと窺うが、カウンターから雑誌を持ってくるとソファに座り、読み始める。

正春の声　真弓さん！　ちょっと！

幸介　（振り返り）真弓さん、上でお仕事です。僕でよかったら、何か？

台所から返事はない。

幸介　（立って二、三歩台所の方へ）正春さん、いいんですか？

台所から返事はない。幸介、少し待って、またソファに戻り、雑誌を読む。
正春、後ろ手に何か持ち、台所から出てくる。しばらく幸介の後ろ姿を見つめた後、獲物を狙うかのように足音を忍ばせ、幸介に近づく。
幸介、気づかず、ページをめくっている。
正春、幸介の真後ろに立ち、後ろ手に持っていた分厚い封筒を、いきなり幸介の目の前に突き出す。
幸介、小さく驚きの声をあげる。

正春　百五十万……

幸介　え……

正春　百五十万。今はこれがやっとです。

幸介　なぜ……？

正春　わかってるくせに……
幸介　わかりませんよ……
正春　早く受け取って。真弓さんが来ないうちに……
幸介　受け取れません。何で私に……
正春　足りないんですか？
幸介　足りない？
正春　いくら出せばいいんです？
幸介　正春さん、気は確かですか？
正春　いつまで苦しめるんです。思わせぶりな態度をとって……
幸介　私が？
正春　覚えてるんでしょう？
幸介　何を？
正春　……あなたは、あのときの……ツアーコンダクターだ……

間。

幸介　ツアーコンダクターは確かに数年やりましたが、客の顔なんていちいち……
正春　嘘だ。覚えている。あなたの顔は覚えていると言っている……

幸介　覚えていたとして、どうなんです？　あれは、あなただけに不利な思い出ですか？
正春　……
幸介　私だって、困るでしょう。もしも、あなたが覚えているのなら……
正春　(また封筒を差し出し) 受け取ってください。忘れてください。
幸介　あなたこそ忘れてください。あんな仕事のこと、僕だって忘れたい……
正春　どうにも断れなかったんです……
幸介　……
正春　取引先の接待旅行で、それらしいとは感じたんですが……断ることはできなかった。開発部に行きたいと、要望書を出していて、担当の上司も一緒でした。でも、あの店に入ったら、足がガクガク震えてきて……
幸介　あのまんま逃げりゃよかったんですよ。
正春　あなたが女の子を連れてきて、ズラリと並べたんじゃないですか……
幸介　あなたも選んだじゃないですか、けっこう可愛いのを……
正春　帰ろうとしたんですよ。そしたら、おい、小沢、しらけるなぁ。ここまで来て女を買うこともできないようじゃ、開発部には行けないぞって……
幸介　その後も、毎晩毎晩買いましたね。最後には、あなたが一番ハメを外した。
正春　あなたはまともな職業についてないから、連帯感ってのがわからないでしょう。あそこで連帯意識を乱したら、とっても開発部に行くなんてことは……

幸介　今だって、行けてないじゃないですか！
正春　……
幸介　そんな物は引っ込めて、早く忘れてしまいなさい。姉さんに言ったりしませんよ。
正春　毎晩、チェンマイのあの部屋が夢に出る。汚らしい洗濯物がかかっていて、大きな錠がかかっていて……あの女の子、十五歳でした……
幸介　ずっと忘れていたくせに。日本に帰って、エイズの検査して、大丈夫だとわかったら、ずっと忘れていたんでしょう？
正春　あのう、強盗に説教されるような気持ち、わかります？
幸介　またぁ……！
正春　またぁとは……？
幸介　せっかく立ち直ろうとしてんのに、ジャマをしないでくださいよ。
正春　どうするんですか僕たち、親戚なんかになっちゃって……
幸介　だから、そんな物は引っ込めて、水漏れ直してくださいよ……
正春　直せません。受け取ってくれなきゃ、接着剤がつかない……（幸介の服のポケットに封筒をねじ込もうとする）
幸介　つけなさい！　早くつけろ！（と、正春を突っ放す）
正春　受け取ってください。あなたが受け取ってくれなけりゃ、僕はいつまでも眠れない！（と、封筒を放り投げる）

幸介　（反射的に受けとめてしまい、返そうと努力）言いません。お願いです、僕は出直したいんです……

正春　いつまでも、水漏れしますよ、いつまでも、シシャモが泳ぐ……

幸介、封筒を床に投げ捨て、階段上に逃げ去る。

正春、拾って追おうとするが、くじけて手摺りにもたれかかる。

7

数日後の夜。
真弓、カウンターでノートパソコンに向かい、原稿を書いている。が、なかなかうまく進まないらしく、ソファに移動すると寝転がる。
電話が鳴る。

真弓 （二階を見上げ）出るなよぉ、頼むぞぉ……

数回のコール音ののち、留守番電話の応答メッセージ。
発信音が鳴り、編集長らしき女の声が入る。

声 え〜、中村真弓様。お原稿の方、いかがでしょうか？　本日が締め切りでございます。え〜、漢方美顔の料金表示については、くれぐれも、安心の低料金、一回千円ということでお願いします。もしもし、ホントはいるんじゃないの？　あなたの気持ち、わかるけどね、化粧品の買い上げがセットになってるってのは、行けばわかることなんだから、ね？　こっちに文句なんか来ませんから。え〜、あの日の飲み会、あなたの話題で盛り上がりました。ではでは、よろしく。十時まででいます。（切れる）

真弓　（つぶやく）るせぇな、バカタレバカタレバカタレめが……

二階から昭三が下りてくる。続いて保。

昭三　そうかそうか、うん、そうかぁ……

真弓、急いで起き上がると、またカウンターに戻る。

保　真弓ぃ、兄貴、ほぼ決まりだってよ。
真弓　そう……
昭三　会ったら、ますます若旦那のお気に召してね。まあ、あの人もついこないだまでロックバンドやってて、商売にくわしいわけじゃないのよ。食えなくなって、親のとこに戻ったって肩身の狭さがあるからね。自分のブレーンがほしいんだな……
保　兄貴、そういうのならお手のモンですよ。なかなか斬新な意見も出しますしね。
昭三　うん、それでね……

と、階段上を窺い、幸介が来ないのを確かめ、持っていた大封筒から書類を取り出す。

昭三　幸介君の身元保証人ってことで、これにサインと実印をね……

保　(受け取り) 実印？　普通のハンコじゃ駄目なんですか？

昭三　まあ、形式的なことなんだけど、何かあった場合の保障も兼ねて……

保　そうかぁ……(と、読む)

昭三　急がないから、印鑑証明書も取ってきて、一緒に出してほしいのよ。

保　(笑い) こうなっちゃうと、ちょっと怖いなぁ……

昭三　もうやらんだろう、いくらなんでも……(と、笑う)

保　そうですよね、もうパチンコだってやらなくなったんだし……

昭三　うんうん、それとね、これはまぁ、無理にってことじゃないんだけど……

保　はい？

昭三　あくまでも、保君の気持ち次第ってことでかまわないんだが……

保　(だんだん警戒し) 何でしょう……？

昭三　食肉ねえ、難しいのよ今……食品加工メーカーが、東屋畜産みたいな卸業者を通さないで、インターネットでホレ、安い国から直接買っちゃうってのが出てきたから……

保　はぁ……

昭三　保君のとこ、ハンバーグなんかもやってるねぇ……

保　まぁ……

昭三　どうなんだろなぁ、東屋畜産とも、こういう縁になったわけだし……

保　僕は宣伝部ですから、仕入れの方は……
昭三　宣伝部から仕入れに回った人いたろう。よくゴルフなんか一緒にしてた、顔の四角いの……
保　（とぼけ）顔の四角いの……？
昭三　ああ、近石さんだっけ。今あの人、仕入れの方じゃ、結構な発言力なんだろ？
保　それほどでもないですよ。テキも多い人ですから……
昭三　若旦那もねぇ、幸介君の採用についちゃあ、かなりな賭けで、社内でもいろいろ言われるだろうし、オヤジさんにお土産がほしいとこなんだ。
保　それ、若旦那の方から叔父さんに？
昭三　いやいや、それはないけど……

カウンターで聞いていた真弓、立ち上がって、大きなため息。
昭三、保、振り返って見る。

保　（昭三に小声で）原稿、書きづまってるんです。
昭三　ま、ひとつ、保君の判断で……
保　近石さんにですかぁ……
昭三　無理にとは言わないよ。ただ、履歴書の件があとで問題になったりした場合……
保　……

昭三　歯止めがあった方がいいんじゃなかろうかと……
保　……
昭三　老婆心老婆心、ハハ、ジジイの老婆心……（と笑う）

真弓、じっと二人を睨んでいる。

昭三　もしそうなったら、若旦那から近石さんに、多少のことはホレ、もちろん、保君にも、ホレ……

真弓、また大きなため息をつく。

保　（小声で）相当書きづまってますんで、外で……
昭三　ああ、そうね……
保　（カウンターの抽斗に車の鍵を取りに行き）俺ちょっと、叔父さん送ってくるから……
真弓　……

幸介、二階から下りてくる。

昭三　幸介君、これで僕の役目は終わったから、しっかりと頼みますよ。

幸介　はい……

昭三　来月までに、証券会社と食肉論文と、ウィルソン牧場の方、ね？

幸介　（頷いて）……

昭三　大丈夫だよ。ま、ひとつ暗い顔をしないで。

保　（行こうとして戻り）真弓、印鑑証明のカード、どこだっけ？

真弓　アレの裏……

保　あ、アレの裏だった。

昭三　アレの裏って？

保　ま、もしもの際にって、ある物の裏に……

昭三　ほう、感心だねぇ。

幸介　印鑑証明書いるの？

保　兄貴の保証人になるんだよ。

昭三　だから幸介君、弥生町の件パート2なんてことにはならないように……

保　お願いしますよぉ……

昭三　ハハハ、じゃ……

幸介　どうもありがとうございました。

昭三、保、出ていく。

真弓　針千本飲んでもらいましょうか？
幸介　……
真弓　嘘つき！
幸介　……
真弓　これから毎日お勉強ですね。証券会社と食肉論文とウィルソン牧場と……
幸介　あなたのいる所ではやりません。
真弓　あたり前ですよ。（と、パソコンの前に戻る）
幸介　言おうとはしたんです。でも結局……

幸介、二階に戻ろうとする。

真弓　あなたが気に入られたわけじゃないようよ。
幸介　え？
真弓　今、ここで取引の話が出ましたよ。保の会社で若旦那のとこの肉を買ってもらえないかって……
幸介　そうですか……
真弓　よく平気ね。輝かしい新生活はどこへ行っちゃったの？
幸介　この先は、真面目にやろうと思います。あなたのミニバラを見て、毎日自分に言い聞かせます。

真弓　ミニバラはあげません。
幸介　……
真弓　お部屋の資金は貸しますから、早く出て行ってください。
幸介　部屋代は、叔父が貸してくれるそうです。
真弓　そうですか。じゃもう関係ないわ。
幸介　ミニバラをください……
真弓　買えばいいでしょう。どこにだってあります。
幸介　あなたの育てたミニバラが欲しい……
真弓　私、締め切りなんです。上でお勉強でもなさったら？

幸介、二階へ上がっていく。
真弓、カウンターの子機を取り上げ、声をひそめて電話をかける。

真弓　……もしもし、花井さん？　中村ですけど、お店、もう閉めた？　……あ、ごめん、すぐ切るから。……うん、金井塚のこと、ずっと気になってたんだけど……じゃ、やっぱり合宿行ったのね？　……そう、あなたと久美ちゃんにお店押しつけて……えっ、電話あったの？　どうなの、向こうで？　……へえ、ちゃんとやってんだ。いや、そんなに明るい声出してたんならよかったけど……

幸介、階段上に現れ、真弓の電話を聞いている。

真弓 合宿、監督も行ったの？ ……うわぁ、じゃ大変だ。大変だって言ってたでしょう？ ますます手が足りないって……昨日から始まったんだから、あと、（と、ちょっと数え）二日ってとこか。明日あたりが疲れのピークよね。……何か、私のこと言ってなかった？ お世話連の方々、私にオカンムリかなぁなんて……でもさぁ、大五郎ちゃん、どんどんよくなって、牛に触れるようにもなったのに、金井塚ったら……あ、ごめん、忙しいのよね、うん、いいの、じゃあね……（切る）

真弓、ＪＲの時刻表を取り出し、せわしくページをめくり出す。

幸介、下りてくる。

真弓、反射的に時刻表を隠す。

幸介 それ、時刻表ですか？

真弓 ……

幸介 菅平行きの時間、調べるんですか？

真弓 違いますよ……（と、時刻表を元に戻す）

幸介 僕が約束を守らなかったから……

真弓　（笑い）そんなに影響力あると思ってんですか……（と、またカウンターの方へ）

幸介　拓ちゃん、いじめられるとは限りませんよ。

真弓　そんなこと、気にしてません。

幸介　あなたのことが心配です。保とうまくやっていけるだろうか？　金井塚さんと、どうなるんだろう？　仕事で、折り合いをつけていくのも難しい。あなたが、何もかも信じられなくなって、ひとりぼっちになったりしないだろうか……

真弓　（仕事道具をまとめ）盗っ人たけだけしいって言いようもありましたね。

真弓、階段を上がりかける。

幸介　正論のミニバラが枯れないでほしいんです……

真弓　上に来ないでくださいね。締め切りなんです。

幸介、ガラス戸越しにミニバラを見つめる。
真弓、立ち止まって見るが、そのまま二階へ消える。
幸介、ガラス戸のカーテンを閉め、部屋中を見渡す。思いついて、電話台の前へ。ファクシミリを持ち上げてみる。次に、電話台を壁からずらし、裏を点検する。電話台を元に戻し、カウンターの前へ。カウンターの裏を点検する。

幸介、壁のパネルに目を向ける。いくつかのパネルの裏を調べ、あきらめて移動しようとしたとき、ふと気になって一つのパネルをもう一度裏返す。紙袋が貼ってあり、中から小さなカードが出てくる。幸介、カードをポケットにしまうと、またカーテンを開け、誰かに電話をかけようとする。が、すぐにやめ、カウンターにうつぶせる。

真弓が階段を下りてくる。

真弓 今日はいい風が吹いてますね……

幸介 ああ、そうですねぇ……

真弓 窓、開けっぱなしにしたんですね……畳の部屋からお義母さんの掛け軸の揺れる音がして……

幸介 ……

真弓 行ってみたら、裏返っていて……これが貼りつけてありました。

真弓、後ろ手に持っていた、薄い書類を開いて見せる。

真弓 三千万円の借金の連帯保証人。保の実印が捺してあります。

幸介 ……

真弓 あの日、実印を捺したんですね。でも、印鑑証明のカードが見つからないから、それで残っていたんでしょう？

幸介　……

真弓　アレの裏を探しましたか？

幸介　……

真弓、階段を下りると、パネルの方へ行こうとする。

幸介　……カードはここに持ってます。

真弓　はじめから、就職する気なんてなかったのね……

幸介　はじめは確かにそうでした……でも、途中から違ってきた……本気で堅気の仕事についてみようと……

真弓　誰が信じますか、そんなこと……

幸介　嘘じゃない、あなたを見ているうちに、そう思った……

真弓　ではなぜ今、そのカードを持ってるんです。この書類も破かなかったんです？

幸介　……

真弓　返してください。（と、手を出す）

幸介　川崎で、百円ショップを開きたいんです。資金を出してくれる人がやっと見つかって。ただ、連帯保証人がいないと……うまくいきそうな場所なんです。保やあなたが、三千万の埋め合わせをするような、そんな事態には決してならないよう……

真弓　ホームレスじゃなかったのね……
幸介　……
真弓　あんな格好で入ってきたのは、ただ騙すためだったんでしょう？
幸介　……
真弓　ツアーコンダクターも嘘なのね？　浄水器の販売も……
幸介　買春ツアーのコンダクターで東南アジアによく行きました。浄水器の販売ってのはアンケート商法で……
真弓　……
幸介　その前のことも話しましょうか？　その前の前のことも……
真弓　この先もそうやって生きていくつもり？
幸介　今度こそやり直します。今度こそ、今度こそ……
真弓　カード、返してください。
幸介　叔父の仕事はやっぱりイヤです。
真弓　イヤなら自分で探しなさい！　まだあなた、とことん探してないじゃない。
幸介　それを、くれませんか。悪いようにはしませんから……
真弓　私も一緒に探すわよ。一緒にいい仕事、見つけよう。
幸介　見つからない。嘘の履歴書を書かなきゃ、まともな仕事は見つからない……

幸介、近づいた真弓から、素早く書類を抜き取ろうとする。
真弓、反射的に身をかわし、その勢いのまま書類を破く。

真弓 実印は銀行の金庫です。もうカードを持っていたって、何の役にも……
幸介 あなたの原稿から、料金表示が抜け落ちた……
真弓 ……
幸介 ……さっき、パソコンをのぞいたんです。
真弓 ……
幸介 あなたはきっと、あのままの原稿を出し、野球部の合宿を手伝いに行く……
真弓 ……
幸介 その程度の正論で、偉そうに説教するんじゃねえよ！

幸介、真弓の方に歩み出す。

幸介 嘘つきがどれだけ努力してるか知ってるか？　嘘つきは、絶え間なく技術を研いている。ひ弱な正論吐くだけじゃ、立ち向かえはしないんだ……

幸介、階段上に逃げようとする真弓を捕える。

幸介　能無しの物書きが、借りモンの正論で気取りやがって。この部屋は何だい。人の作ったもん飾り立てて、それで自分のつもりかよ。お前こそペテン師だ。どこまでも偽物だ。本当に正論を通したことなんか、一度だってないんだろ！

幸介、真弓を突き放す。真弓、だんだん肩が震え、表情が歪んでくる。
幸介、真弓に手を伸ばす。幸介が引き寄せても、真弓は抵抗を示さない。
幸介、慎重に真弓の唇に自分の唇を近づける。
インターホンから短いメロディー。動きを止めた幸介、やがて笑い出す。

幸介　インターホンのあの曲は、誰の好みなんですか？
真弓　父です……
幸介　好みはラテン音楽、生き方は……
真弓　父はつらいことがあると、ただあの曲を聞いていました……
幸介　あんなふうにはなるまいぞ……

幸介、カードをカウンターに投げ返し、笑いながら出ていく。
真弓、混乱したまま、カウンターの椅子に腰かける。

玄関のドアの開閉する音。少しして、正春が入ってくる。

真弓　（ボンヤリ見て）……

正春　今、インターホンを押そうとしたら、ちょうどお義兄さんと出くわして……

真弓　……

正春　すいません。道具を持ってくるのを忘れました。今日こそは直そうと思ったのに……

真弓　……

正春　お義兄さんに、さようならと言われました。あれは、もう来るなということですか？　別の人を寄越せという……

真弓　お義兄さん、出てったの。お別れの挨拶よ。

正春　出てったって……？

真弓　叔父さんの仕事、どうしても気に入らないって……

正春　手ぶらでしたよ……

真弓　もともと荷物なんてないんですから……

正春　……そうかぁ、お別れの挨拶かぁ……

真弓　あの人、どうして博打うちになったんでしょうね……

正春　周りが真面目な人ばっかりだと、ハメ外したくなるんじゃないですか？　いい人だったけど、やっぱり甘やかされたんですよ……

真弓　……

正春　お別れかぁ、残念だなぁ……

真弓　ごめんなさい。仕事があるの……

正春　あ、はい、じゃ、明日また……

真弓　……

正春　大丈夫ですよ。お義兄さん、やり直そうとはしてましたよ。それは、僕だって感じました。

真弓　（とりあえず微笑んで）……

正春　冷蔵庫、明日は必ず直ります。もうシシャモは泳ぎませんよ。

正春、出ていく。真弓、またソファに寝転がる。

真弓　……フロアーからは、お客さまの喜びの声が聞こえた。わぁ、化粧品ワンセット買うと、一回千円でいいのねぇ……カウンターには……カウンターには……

保、入ってくる。

保　正春さん、道具忘れたんだって？　妙にニコニコして出てきたから、てっきり直ったのかと思ったら……

真弓　……

保　（いきなり真弓に膝枕して）……あの狸オヤジ！　最初っからそのつもりだったんだ。兄貴のおかげで、えらい面倒なことに……

　真弓、保の手に触ってみる。保、すぐに握り返す。

真弓　お義兄さん、今出てった……

保　え？

真弓　自分でいい仕事、見つけるって……

保　おい、本当なの、おいっ……

真弓　（頷いて）……

保　いつ出てったの、いつ？

真弓　ほんのちょっと前……

保　何で引き止めないんだよ！

　保、バタバタと行動を決めかね、結局走り出ていく。

　真弓、電話台の上から、拓の写真を取って見る。

真弓　……中村が悪い。金井塚は引きずられているだけだ。中村をつぶさないと、全体の規律が乱れる……

台上の壁には、拓の描いた、家族の絵のパネル。

真弓、しばらく見つめてから、時刻表を取り出してソファへ。せわしくページをめくり始める。

インターホンから父の好きなメロディー。真弓、とたんに手を止める。

鳴り続けるインターホン。真弓、ゆっくりとインターホンに歩み寄る。

真弓　(スイッチを押し) はい……

返事はない。真弓、逃げるようにソファに戻ると、またせわしくページをめくる。

給湯器のリモコンから、母の好きなメロディー。

真弓、とたんに手を止める。が、再びページをめくろうとして、ふとガラス戸を振り返る。

ガラス戸の向こうに、立っている幸介。真弓、立ち上がって向かいあう。

幸介、ミニバラの鉢を持ち上げ、持って行くぞと身振りで語る。

真弓、それには応えない。幸介、手を上げ、ミニバラを持って去る。

真弓、時刻表をぶら下げたまま、立ち続けている。


—幕—

上演記録

二兎社第二十六回公演　世田谷パブリックシアター提携
一九九九年六月二十五日（金）〜七月十一日（日）
シアタートラム

■スタッフ

作・演出　永井　愛　　舞台監督助手　太刀岡　正
美術　大田　創　　竹内　章子
照明　中川　隆一　　制作（二兎社）安藤　ゆか
音響　市来邦比古　　加治　真理
衣裳　竹原　典子　　**制作**（世田谷パブリックシアター）
演出助手　黒岩　亮　　松井憲太郎
舞台監督　小山　博道　　新里　康昭

■キャスト

中村　幸介　立川　三貴　小沢　正春　酒向　吉伴
中村　保　浅野　和之　中村　昭三　飯田　和平
中村　真弓　大西多摩恵　前田登紀子　原　知佐子
小沢百合子　田岡美也子　金井塚みさ子　津田　真澄

あとがき

私は悪人が書けないとよく言われる。そう言われると、劇作家としての最大の欠点のように思え、「これからは悪人が書けなければ」とソワソワしたりもする。

だが、「愛ちゃんの芝居っていい人ばっかりしか出てこないよね」と言われると、それにも戸惑ってしまうのだ。

私は犯罪にもならず、糾弾もされない悪徳の数々を描いてきたつもりでいた。それらは日本人にとって、「とかく日本人は」とよく批判され、「そうそう、日本人ってのは実に」と日本人によって嘆かれながら、決して個人の責任には帰結しない、野放しの悪徳である。

筆力の至らなさで、それが悪徳には見えなかったのかもしれない。見えたとしても、「あの程度ならフツーじゃん。いい人の範疇に入るじゃん」と思われたのかもしれない。

確かに、「いい人」は悪徳をも容認する。

長い物には巻かれろ、触らぬ神に祟りなし、出る杭は打たれる、世間体を考えろ、義理を欠くな――こういった処世訓を本音としながら、建前では民主的なことも言える人は、かなり物のわかった「いい人」だ。

「いい人」は、本音と建前の両方に義理立てしたいため、そのやりくりの知恵はついても、物事の根源とはいつまでも向き合わない。巨悪にとって、こんなに扱いやすい「いい人」はいない。

私は巨悪には迫れないかもしれないが、巨悪を育む「いい人」の心中には分け入ってみたい。心の闇とは対照的な、ガランとした明るさもまた、得体の知れない世界であるだろう。それを見つめることにしか、私が「いい人」から抜け出す道もなさそうだ。

そんな気負いで、「兄帰る」を書いた。この作品で岸田國士戯曲賞をいただいたことの重みを、今かみしめている。

二〇〇〇年二月

永井　愛

永井　愛（ながい　あい）
1951年　東京生まれ。桐朋学園大学演劇専攻科卒。
1981年　大石静と劇団、二兎社を旗揚げ。1991年より二兎社主宰。
1996年　「僕の東京日記」で第31回紀伊國屋演劇賞個人賞受賞
1997年　「ら抜きの殺意」で第１回鶴屋南北戯曲賞受賞
1997年　「ら抜きの殺意」と「見よ、飛行機の高く飛べるを」で芸術選奨文部大臣新人賞受賞（演劇部門）
2000年　「兄帰る」で第44回岸田國士戯曲賞受賞
他に、「パパのデモクラシー」（1995年度文化庁芸術祭大賞）
「時の物置」（再演・1998年度読売演劇賞優秀作品賞）など。
主な作品
「カズオ」「時の物置」「パパのデモクラシー」「僕の東京日記」「見よ、飛行機の高く飛べるを」「ら抜きの殺意」

兄帰る

2000年4月25日　第1刷発行
2002年6月25日　第2刷発行

定　価　本体1500円＋税
著　者　永井愛
発行者　宮永捷
発行所　有限会社而立書房
東京都千代田区猿楽町2丁目4番2号
電話03（3291）5589／FAX 03（3292）8782
振替00190-7-174567
印　刷　有限会社科学図書
製　本　大口製本印刷株式会社

落丁・乱丁本はおとりかえいたします。

ISBN 4-88059-267-6 C0074
装幀・大石一雄／カバー写真撮映・林溪泉

永井　愛
1996.12.25刊
四六判上製
176頁
定価1500円

時の物置　戦後生活史劇３部作

ISBN4-88059-219-6 C0074

二兎社を主宰しながら、地道に演劇活動を続けている永井愛は、自己のアイデンティティを求めて、戦後史に意欲的に取り組むことにした。これはその第１作。

永井　愛
1997.2.25刊
四六判上製
160頁
定価1500円

パパのデモクラシー　戦後生活史劇３部作

ISBN4-88059-226-9 C0074

前作「時の物置」は昭和30年代、日本に物質文明が洪水のように流れ込もうとした時代を切り取ってみせたが、この作では、敗戦直後の都市生活者の生態をとりあげる。文化庁芸術祭大賞受賞。

永井　愛
1997.3.25刊
四六判上製
160頁
定価1500円

僕の東京日記　戦後生活史劇３部作

ISBN4-88059-227-7 C0074

「パパのデモクラシー」では敗戦直後、「時の物置」では1961年を舞台にしたが、この作では1971年、70年安保の挫折から個に分裂していく人たちの生活が描かれている。第31回紀伊国屋演劇賞受賞作。

永井　愛
1998.2.25刊
四六判上製
152頁
定価1500円

ら抜きの殺意

ISBN4-88059-249-8 C0074

「ら抜き」ことばにコギャルことば、敬語過剰に逆敬語、男ことばと女ことばの逆転と、これでは日本語がなくなってしまうのでは……。抱腹絶倒の後にくる作者のたくらみ。第１回鶴屋南北戯曲賞受賞。

永井　愛
1998.10.25刊
四六判上製
184頁
定価1500円

見よ、飛行機の高く飛べるを

ISBN4-88059-257-9 C0074

「飛ぶなんて、飛ぶなんてことが実現するんですもん。女子もまた飛ばなくっちゃならんのです」——明治末期の時代閉塞を駆けぬけた女子師範学校生たちの青春グラフィティー。

永井　愛
2000.4.25刊
四六判上製
176頁
定価1500円

兄 帰 る

ISBN4-88059-267-6 C0074

「世間体」「面子」「義理」「人情」「正論」「本音」……日本社会に広く深く内在する〈本質〉をさらりと炙り出す。永井ホームドラマの傑作！
第44回岸田戯曲賞受賞。

永井　愛

日暮里風土記

2002.1.25刊
四六判上製
160頁
定価1500円
ISBN4-88059-285-4 C0074

加藤　直

アメリカ

1983.11.10刊
四六判上製
144頁
定価1200円
ISBN4-88059-069-X C0074

加藤直3部作の第1弾。日本人3世の日本訪問の旅の途中、船上に映し出された日本移民史の暗部が、アメリカ以上にアメリカンな現代日本の姿を鋭く告発する、奇才加藤の最新作。全楽譜収録。

加藤　直

カリガリ博士の異常な愛情　あるいはベルリン1936

1984.12.25刊
四六判上製
128頁
定価1200円
ISBN4-88059-082-7 C0074

加藤直3部作の第2弾。あのカリガリ博士にことよせて、奇想のドラマを展開する、シュールな戯曲。まずは一読を。全楽譜収録。

加藤　直

シュールレアリスム宣言

1985.10.25刊
四六判上製
136頁
定価1200円
ISBN4-88059-088-6 C0074

80年代のガジェット感覚を先取りした加藤直のデビュー作。ホームズ、ワトソン、ドラキュラなど多彩なキャラクターが登場する愉快なパノラマ劇だ。全楽譜収録。

岡部耕大戯曲集

精霊流し

1981.5.15刊
四六判上製
200頁
定価1500円
ISBN4-88059-041-X C0074

岡部戯曲の原点を示す処女作「トンテントン」、男の世界を描いて比類ない「命ででん伝」、女の世界に初めて挑戦した「精霊流し」を収録する。九州弁を駆使して、独特の演劇空間を展開する岡部の、待望の戯曲集。

岡部耕大

がんばろう　―柏木家の人びと―

2000.7.25刊
四六判上製
152頁
定価1500円
ISBN4-88059-269-2 C0074

時は1960年。日本全土は日米安全保障条約の初めての改訂をめぐって騒然としていた。福岡の大牟田では、三井三池炭鉱の人員整理をめぐって凄絶な労働争議が闘われていた。総資本と総労働の決算といわれていた。